ベリーズ文庫

無愛想な同期の甘やかな恋情

水守恵蓮

STARTS
スターツ出版株式会社

目次

特別書き下ろし番外編

無愛想な同期の甘やかな恋情

魔法のアイテム

オフィス街の一等地に建つ、超高層インテリジェントビル。

周りのビルよりひと際高く、空に向かって聳《そび》え立つように見える。ここは、私が勤務する国内最大手化粧品メーカーの本社ビルだ。

このビルの二十五階にある大会議室で、現在、新商品の企画会議が行われている。

会議が始まって三番目に、私、冴島美紅《さえじまみく》のプレゼンの順番が回ってきた。

司会者に名前を呼ばれて、返事をしながら立ち上がる。

席を移動する短い間、私はスーツの上着の襟《えり》を軽く引いて、身だしなみを整えた。

普段の私は、ふんわりしたパフスリーブのカットソーや膝丈のフレアスカートといったフェミニンなオフィスカジュアルが多く、ここまでかっちりした服装ではない。

隔月に一度の企画会議はとても重要だけど、あくまでも社内で行われるもの。それほど改まった服装をする必要もないのに、自分がプレゼンする時、私はいつも、やや堅めのスーツを身につける。

企画会議で着るスーツは、私にとって戦闘服。『絶対に通してやる！』と自分を鼓《こ》舞《ぶ》する、新人の頃からのおまじないみたいなものだ。

今年、入社七年目。

こうしてプレゼン席に着くと、これまで何度も経験した、自然と背筋がピンと伸びる緊張感が、全身を覆《おお》う。

ひとりあたりの持ち時間は二十分。この二週間、他の仕事を抑えて、かかりっきりで準備をしてきたプレゼンは、滞りなく進んだ。

とはいっても、最後に「ご清聴ありがとうございました」と頭を下げる瞬間の安堵《あんど》感は、いつも変わらない。

私の発表の後、一時休憩となり、会議室に参集した三十人ほどの社員たちが、わらわらと立ち上がった。

トイレ休憩を取る人、コーヒーブレイクに向かう人、席に着いたまま自分のプレゼン準備を進める人……この休憩時間の使い方は、みんなそれぞれだ。

私は、窓を背にしたテーブルに戻り、パイプ椅子に腰を下ろした。

「ふうっ」

口をすぼめて息を吐き、両腕を天井にグッと突き上げ、思いっきり伸びをする。

椅子に深く背を預け、喉《のど》を仰け反《ぞ》らせると、胸元に垂れていた、栗色に染めたゆるふわの髪が、後ろにさらっと流れた。

「終わった〜……っ」

「お疲れ様です、美紅さん」

私の二年下の後輩の篠崎《しのざき》君が、隣の席から労ってくれた。

それには、「うん」と頷《うなず》いて答える。

「篠崎君も、今回はアシストありがとうね。探してくれた資料、ほんと助かった」

企画は、個人でもグループでも発表できる。私の場合は、ほとんど個人で企画を挙げているけれど、今回は篠崎君が手伝ってくれた。

彼は私のお礼を聞いて、「いえいえ」と目元を綻《ほころ》ばせる。

「僕なんかが手伝わなくても、美紅さんの企画は完璧ですから。でも、美紅さんほどの人でも、プレゼンは緊張するんですね」

称賛に続く感嘆したような言葉には、ほんのちょっと苦笑する。

「当たり前だよ。うまくいかなかったって落ち込むこともあるし、もっとこうすればよかったって、後で悔やむこともある。何度やっても、なかなか完璧には終わらないというか……」

「そういう意識の高さが、商品に表れるんでしょうね。美紅さんのプレゼン、みんな熱心に聞いてました。今回も商品化確実です」

「はは、ありがとう。でも、調子に乗っちゃうから、あんまり褒めないで」

私以上に興奮した様子の篠崎君にそう言って、もう一度、「ふう」と息を吐いた。

右手で左の肩をほぐしながら後ろに顔を向け、大きな窓の外に目を遣る。

座ったままでは、周りに建つ高層ビルのてっぺんと、ちょっとどんよりした梅雨空《つゆ》しか拝《おが》めない。

私は立ち上がって窓辺に歩み寄り、窓に手をついて眼下の街を見下ろした。

ここから望める皇居の緑は、オフィス街のオアシス。日々の仕事の疲れやプレゼンの緊張で凝り固まった全身をほぐしてくれる、癒《いや》しのような効果を感じる。

「でも、絶対ですよ。美紅さんが企画して、穂高《ほだか》さんが開発した商品は、大ヒット間違いなしですから！」

椅子の背もたれに腕をのせて、大きくこちらを振り返っている篠崎君が、窓ガラスに映り込む。

「先シーズンの『AQUA《アクア》 SILK《シルク》』ブランド商品の売り上げも、過去最高を記録。ヒット商品を連発する、社内一の名コンビ！ 社長の覚えも目出度《めでた》い、全社員の誇りです」

鼻息荒く熱弁する彼に、ちょっと困ってひょいと肩を竦《すく》めた。

「会社の宝がふたりもいる、二年上の先輩たち、みんなが神様みたいに思えます。俺」

「……だから、もう。褒めすぎだって」

篠崎君に向き合ってたしなめると、彼は少年っぽく「てへ」と舌を出した。

「だって。今月の社内報に、穂高さんのインタビュー記事、載ってたじゃないですか。『冴島さんが企画する商品はどれも丁寧で繊細で、彼女の意に適うクオリティに仕上げるのは本当に難しい。だからこそ、研究者としての意地で、やってやろうって思う。冴島さんとの仕事は、僕の研究魂をくすぐる。大きなモチベーションとなってくれています』。俺、あの記事読んで感動して、改めて穂高さんのこと尊敬したんですよ」

篠崎君が朗々と諳《そら》んじたその記事の一文は、初めて読んだ時、私もドキッとしたものだった。

〝あの〟穂高君が、本当に私のことをそんな風に言ったんだろうか？

まずは疑ってかかったものの、嘘じゃないなら嬉しいな。そうやって、実は全文暗記するほど読み返してしまった。

つい顔が綻んでしまいそうになり、慌てて唇を結んで引きしめる。

「一応社内報に載るからって、大袈裟《おおげさ》に盛ってくれただけよ」

図に乗りそうになるのを抑えて、素っ気なく返した時、室外に出ていた社員たちがぞろぞろと戻ってきた。

それを見て、私も再び椅子に腰を下ろす。

「え～。でも、同期だし。高め合えるってメリットはあるでしょ？」

私を見上げていた篠崎君の目線も、私を追って下がる。

高め合う。確かに、それは間違いない。

でも、どう答えようかと言い淀む間もなく、司会者がマイクを持って、会議の再開を宣言した。

本日四番目のプレゼンターが立ち上がり、休憩明けでちょっとざわついていた会議室が、しんと静まる。

篠崎君も、それまでとは打って変わって真剣な顔で、手元の資料をめくり始めた。

それを横目で窺《うかが》い、気付かれないようにホッと息をつく。

話題に挙がったせいで、私の脳裏には、同期の研究開発員、穂高歩武《あゆむ》の姿が浮かんでいた。

私と同じく入社七年目の二十八歳。仕事熱心で優秀な研究員で、私が企画した化粧水と乳液……基礎化粧品の商品化が初めて決まった時、縁あって同じチームになった。別のブランドの一商品として発売されたそれがヒットしたのがきっかけで、二十代から三十代向けのメイクアップブランド『AQUA SILK』の起《た》ち上げが決まった。

穂高君も、ブランド創設からのチームメンバーで、もう三年も〝コンビ〟を組んでいる。

AQUA SILKも、今や我が社の主力ブランドに成長した。一緒に社長表彰を何度も受けたりして、篠崎君の言う通り、私たちは社内でも有名な〝名コンビ〟だ。

同期というのも煽《あお》りになって、普段も仲良しで息ぴったりだと、勝手なイメージを持たれているのは、自覚している。

周りの期待を裏切りたくなくて、あえて否定せずに流してしまっているけれど……。

脳裏に描いた穂高君は、いつも通り、私に切れ長で涼やかな目を向けている。

その少し吊り気味の目尻が、笑うと優しく下がるのを知っているけれど、彼は私の前では滅多に表情を変えない。

　素っ気ないポーカーフェイスが通常。

もう長いこと一緒に仕事をしているわりに距離は縮まらず、よそよそしい。

たまたま最初がヒットしたというだけで、いつまでも私と〝名コンビ〟なんて言われて、迷惑してるんじゃないか。もしかして嫌われてるのかな、と思うこともある。

それでも、彼と一緒に手掛けた商品の売れ行きは右肩上がり。

絶対的に満足度の高い商品を生み出してくれる彼と、私はずっと仕事を続けていきたいと望んでいる。

穂高君が私をどう思っているにせよ、私にとって彼は最高の相棒だから、このまま波風立てずに、せめていい仕事仲間でいられればいい。

もうずっと、私はそうやって自分に言い聞かせ、彼との間に引かれた一線の手前で、そこから先には踏み込めずにいる。

昔から、私はおしゃれをするのが大好きな子供だった。

物心ついた頃には、母がメイクをする姿をいつも飽きずにじーっと見ていて、目の前で、みるみる綺麗になる母に、ずっとずっと憧れていた。

母の目を盗んでこっそりメイク道具を使って、怒られたことは何度もある。

母は、『美紅は、もっと大人になったらね』と呆《あき》れたけれど、少しでもかわいくなりたいという私の女心を汲んでくれたようだ。誕生日やクリスマス、特別なイベントの時に、少しだけメイクをしてくれるようになった。

鏡の中で変化していく自分から、目が離せなかった。

母譲りの二重目蓋《まぶた》の大きな目は、ピンク色のアイシャドウを挿すとほんのりと色づき、女の子らしくなる。ぽってりした唇も、ベビーピンクのリップスティックを塗ると、よりふっくらして丸みが出る。

終わるといつも、母は私にこう言った。

『ほ〜ら、美紅。お姫様になった』

私は母を、シンデレラをお姫様にした魔法使いみたいだと思っていた。そして、私をお姫様にしてくれる化粧品は、魔法のアイテム。

そんな風にしてメイクに馴染《なじ》み、おしゃれすることに夢中だった十代。

大学生になって就職を意識して、化粧品会社を第一希望に活動を始めたのは、必然だったともいえる。

私に魔法は使えないけれど、女性を綺麗にする魔法のアイテムを創る仕事に携わりたい——。

面接官が引くほど熱弁を奮い、結果、国内最大手のうちの会社に、めでたく入社することができた。

熱意が伝わったのか、私は希望した商品企画部に配属された。

仕事を教わりながら、毎日毎日魔法のアイテムのことを考えていられる幸せ。

それでも、最初の数年は、当然ながら何度も企画落ちした。

先輩たちに『企画が通るようになるまで最低五年は修行だよ』と言われたけれど、自分なりに自信を持って挙げた企画だから、落ちるたびに悔しくて泣いた。

アイデアが浮かばない時は、苦しんで焦ることもあるけれど、この仕事が大好き。私はこの会社で、新しい魔法のアイテムを創り出してみせる——。

変わらない夢を追って努力に努力を重ねて、三年目で初めて企画が通った。

それが、AQUA SILKというブランドの起ち上げに繋がった。

社内の各部署から精鋭メンバーを集めたAQUA SILKチームが発足して、私は企画主任という肩書をもらった。

最初は、ファンデーションの商品化から始まった。売り上げが安定して社の業績に貢献するようになり、昨年から、口紅やアイシャドウのラインナップも本格化したところ。

これからも、ブランド展開は無限に続く。

これが私の天職！と自信を持って胸を張れるようになったのも、最初の商品化を一緒に実現してくれた穂高君の力が大きい。

だから、本当を言うと、彼とは少しでも仲良く、もっとくだけた付き合い方をしたい気持ちはあるのだけど……。

企画会議から一週間。

会議の結果、私の企画は無事に通過した。その報告のために、本社ビルとは別棟にある、研究開発部……通称〝ラボ〟に陣中見舞いに訪れると。

「実験中。アポなしで来るな」

ラボの玄関先で、ワイシャツの上から白衣を纏《まと》った長身の穂高君が、なんとも冷たく言ってのけた。

いつものことだけど、とにかくつれない。その上、取りつく島もない彼に出鼻を挫《くじ》かれ、さすがに私も頬を引きつらせる。

「相変わらず、つれないなあ……。それに、アポ取っても、研究優先でいつも待たせてくれるじゃない」

「新商品の企画が通ったなら、メールで企画書送ってくれればいいことだろ？　こっちだって、研究立て込んでて忙しいし。お前も、業務時間削ってまで、わざわざラボまで来る必要ないって言いたいんだよ」

一応、一緒に数々のヒット商品を生んできた〝名コンビ〟の片割れの私に、なんともけんもほろろな塩対応。

とはいえ、穂高君のこういう態度は、実は最初から。これがデフォルトだ。

初めのうちは結構へこんだものだけど、これも研究の鬼の彼ゆえのこと。

穂高君が、下手したら昼夜問わずに研究に明け暮れてくれるおかげで、商品の完成度も高くなる。多少冷たかろうが、落ち込んでもいられない。

ラボの受付から私の来訪を告げられて、研究室から出てきてくれたし、今日はまだいい方だ。

話は終わりとばかりに、「じゃ」と短いひと言を残し、彼はすげなく白衣を翻《ひるがえ》す。

でも私も、すごすご退散するわけがない。どんなにつれなかろうが、私は彼の〝相棒〟になって三年経つのだ。その間に、学習した。

「冷たいな～。穂高君が好きなジェラートショップで、お土産買ってきたのに」

溜め息混じりに、ちょっとだけ芝居がかって嘆いてみると、白衣の広い背中がピタリと立ち止まった。

それを見て、私は心の中で『食いついた！』とほくそ笑む。

「ジメジメむしむししたこの季節、冷たい物って美味しいよね～？　穂高君が飛びつきそうな、新作もあるんだけどなあ……」

プライベートを知るほどの接点は、私たちには皆無に等しい。以前は何度か『同期だし、たまにはふたりでヒット祝いしない？』と誘ってみたけど、いつもあっさり断られた。

穂高君は、チームとして行う、公式の決起会や祝賀会にしか姿を見せない。

そういう席でも、隣同士で座ることはほとんどない。

同期なのに完全に一線置かれている私が、穂高君の〝好物〟と〝お気に入りのショップ〟を知り得た情報源は、もちろん、彼の同僚である他の研究員だ。

まあ、自分でもなんてあざといやり方……とは思うけど、他になにで釣れるかわからないんだから、仕方がない。

「ジェラート？」

穂高君が、わりと端整で綺麗な顔を不審げに歪《ゆが》ませ、振り返る。白衣のポケットに両手を突っ込んで首を捻《ひね》ると、目元にかかるやや長めの癖のない前髪が、さらりと揺れた。

その向こうで、形のいい眉がピクリと動くのを見て、私はショップのロゴが入った大きな紙袋を掲げてみせる。

「そう。好きでしょ？」

にっこり笑って首を傾げると、穂高君はやや乱暴に前髪をかき上げた。

襟足はすっきりと短めだけど、ボリュームのあるてっぺんの髪が乱れる。

彼は、前髪を生え際からくしゃっと握って、「はあ」と声に出して溜め息をついた。

「菌の培養してるとこなのに。死んだらどうしてくれる」

返してくる言葉には、研究の邪魔をするなというニュアンスが、憚《はばか》ることなく表れているけれど。

「それは、菌より私を選んでくれたってこと？」

彼が完全陥落したのを確信して、私はふふっと声を漏らす。

「……お前じゃない。ジェラート」

穂高君は不愉快そうに眉根を寄せ、男らしい薄い唇をへの字に曲げた。

でもすぐに、切れ長で涼やかな目で私をちらりと一瞥《いちべつ》して、ひょいと肩を竦めた。

「事務所で待ってろ。作業途中だから、終えたら行く」

「はーい」

先にスタスタ歩いていく彼を追いかけ、足を踏み出した。そのまま奥の研究室に向かう背中を見送って、私は途中で通路を折れる。

事務所のドアは、いつも開いている。ひょこっと顔を覗かせると、何人かの事務員がデスクで仕事中だった。

「こんにちは」

私に気付いた顔馴染みの事務員、糸山《いとやま》さんが、「あ」と立ち上がる。

私より三年後輩の彼女は、やや小柄で、いつもシルバーフレームの眼鏡をかけている。度が強いのか、正面から向き合うと、とても目が大きく見える。素直で真面目な性格が滲《にじ》み出ていて、愛嬌《あいきょう》を感じさせる顔立ちだ。

「冴島さん、いらっしゃい。穂高さんに、ご用ですか？」

「うん。ここで待ってろって。お邪魔していい？」

「どうぞどうぞ。あ、お茶淹《い》れますね」

仕事を中断して、事務所の奥にある簡易的な休憩スペースに行こうとする彼女を、私は「いい、いい」と言って止めた。

「陣中見舞いに、ジェラート買ってきたの。研究員の皆さんと、食べて」

そう言いながら事務所の中に足を進めて、手に提げていた紙袋を彼女に手渡す。

「わあ、ありがとうございます！　穂高さん、ジェラート好きだから、きっと喜びますよー」

私から紙袋を受け取り、そのロゴを確認した彼女が無邪気な歓声をあげた。

それを聞いて、ほんの少しだけ胸がチクッと痛む。

「……やっぱり、みんなは知ってるんだ」

ボソッとした独り言を拾われてしまい、私は慌てて首を横に振ってごまかした。

「え?」

「ううん、なんでもない」

最初の企画から、もう四年も一緒に仕事をしているのに、私がこの情報を知ったのは、実はつい最近のこと。

こんなところでも、穂高君と私の間の壁をまざまざと感じてしまう。

「……? あ、それじゃ、奥のソファにどうぞ。穂高さんが来たら、ジェラートお出ししますね」

彼女はきょとんとしてから、特に気にする様子もなく、私を促してくれた。

古い冷蔵庫の方へ歩いていく彼女に、「ありがとう」とお礼を言って、私もソファに向かう。

一応、簡易応接やミーティングに使われるスペースだけど、ソファやローテーブルはかなり古い。

私はちょこんと腰を下ろして、なんとなく事務所を見渡した。

この別棟は、本社ビルとは違って年季の入った十階建ての低層ビルで、その全フロアを研究開発部が使っている。

各フロアにいくつもある研究室には、最先端の設備が取り揃えられている。

でも、この事務所は、ひと昔前の学校の職員室といった雰囲気だ。

忙しい業務の合間を縫ってやってくると、なにやら郷愁《きょうしゅう》めいた気分になって、心が和む。

会議室から見下ろす皇居の緑と同様に、私を癒してくれる空間だ。

「ふう」と息を吐いて、無意味に両手両足を前に伸ばし、寛いでいると。

「あれ。冴島さん。こんにちは」

奥のドアが開いて、そこから白衣姿の研究員が出てきた。

「あっ……!」

だらしない姿を見られ、私は慌てて立ち上がる。

「すみません！　お邪魔してます」

そう言って、頭を下げた。

「いえいえ」と返してくれるのは、穂高君が所属する第一グループ長。私たちより二年上の先輩研究員、間中拓弥《まなかたくや》さんだ。

この事務所の奥には、研究員たちのロッカー室と仮眠室がある。

研究員は二十四時間裁量労働制で、実験が佳境の時は当たり前に泊まり込みをする。

今出てきた間中さんは、どうやら仮眠明けのようだ。

柔らかそうな茶色いくせっ毛が、後頭部のあたりで少し乱れている。

「冴島さん、ひとり？　歩武は？」

私がここに来る時、その用件の相手はほぼ穂高君だ。だから間中さんも、糸山さんと同じく、そう訊ねてくる。

彼にまで、当然のように思われているのは、少し胸がチクッとするけれど……。

「え、っと。菌の培養してるから、ちょっと待ってろって言われて」

いつも研究室にこもっている間中さんと、会えるとは思ってなかった。返す声が上擦ったのを意識しながら、私は短く説明した。

間中さんは、「そうだった、そうだった」と相槌《あいづち》を打つ。

「俺、それの夜の見張り番で、今日、急遽《きゅうきょ》泊まりになったんだ」

「えっ。……お疲れ様です」

「ふあああ……」と声に出して欠伸《あくび》をしながら、こちらに進んできて、私の隣にドカッと腰を下ろす。

「ありがとう。でも、いつものことだし」

私を見上げてニコッと笑う彼に、私も微笑み返してから、再び腰を下ろした。

「あ、間中さ〜ん。お疲れ様です」

彼に気付いた糸山さんが、デスクから声をかけてくる。

「おー」

「研究、戻るんですか？　だったらその前に、冴島さんからジェラートの差し入れいただいたので、ご一緒にどうです？」

「ほんと？　いいねえ」

ソファに深く背を預けていた彼が、むくっと上体を起こした。

糸山さんは、さっきしまったばかりのボックスを冷凍庫から取り出して、こちらに持ってきてくれる。

「はい、どうぞ」

ソファの前のテーブルで、蓋《ふた》を開ける。

「おお、豪華！　じゃあ、ええと……これ、もらっていい？」

間中さんが選んだのは、ホワイトチョコとドライラズベリーのジェラート。

この夏の新作と、ショップの店員が言っていたヤツだ。

「あ、それは……！」

思わず声をあげた私を、身を乗り出して腰を浮かしていた彼が、「ん？」と言って振り返る。

「あ、いや、えっと……」

無意識に止める形になってしまい、私は目を泳がせて口ごもった。

けれど、間中さんは、「ああ」と納得した表情を見せる。

「これは、歩武用？」

穂高君がここのジェラートが好きという情報をくれたのは、他でもない間中さんだ。

彼は私の意図を即座に読んで、クスクス笑う。

「すみません。穂高君にもさっき話しちゃったので……」

なぜだか頬が熱くなり、私は膝に両手をついて、肩に力を込めて返事をした。

「OK。わかった」

間中さんは新作を箱に戻し、鮮やかなピンク色の木苺《きいちご》のジェラートを手に取った。

糸山さんが「冴島さんもお先にどうぞ」と勧めてくれて、私は無難にフローズンヨーグルトを選ぶ。

糸山さんからプラスチックのスプーンを手渡されると、間中さんは早速蓋を開けてスプーンを差し込み、ひと口目を口にした。

彼が「うまい！」と歓声をあげた時。

「あ。……間中さん」

事務所の出入口から、短い声が聞こえた。

呼ばれた間中さんだけでなく、私もつられてそちらに顔を向けて……。

「穂高君！」

穂高君を迎えるつもりで、腰を浮かした。

間中さんも、「おー」と気の抜けた返事をする。

「穂高さん、お疲れ様です。ジェラート、どれがいいですか？」

無言で歩いてくる穂高君に、糸山さんが声をかけた。

私の向かい側のソファに回った彼が、ちらりとボックスに目を向ける。

「歩武。ホワイトチョコとラズベリーのが、新作らしいぞ」

間中さんが、まるでそれに誘導するように、口角を上げて教えている。

穂高君は表情も変えずに、「じゃあそれ」と即答した。

糸山さんはクスクス笑って、穂高君にジェラートとスプーンを渡すと、両手でボックスを持ち上げた。

「あれ。糸山さんも、一緒に食べようよ」

ソファから離れていこうとする糸山さんに、間中さんが目線を上げる。

呼び止められた彼女が振り返って、ふふっと笑った。

「四時までに、経費申請終えなきゃいけないんです。それが終わったら、ゆっくりいただきます」

「真面目だなあ。今日遅れても、来週の締めには間に合うだろ?」

スプーンを口にくわえて、間中さんがボヤく。

糸山さんが、シルバーフレームの眼鏡の向こうで、ちょっと悪戯《いたずら》っぽく目を細めた。

「この間、間中さんが北海道《ほっかいどう》に出張した時の立替旅費も、遅くなっていいですか?」

「……痛いとこ突くね、糸山さん」

間中さんが、ひくっと頬を引きつらせて笑う。

「………」

私はふたりに交互に目を遣りながら、ジェラートのカップをなんとなく両手で握っていた。

そんな私の向かい側で、穂高君は早速新作を口に運んでいる。

「うまい」と間中さんと同じ感想を呟くのを聞いて、私は気を取り直して彼に顔を向けた。

「ほんと? よかった」

ホッと息を吐く私から、彼は横に目線を動かす。

「もしかして……俺がここのジェラート好きだって情報漏らしたの、間中さん？」

表情を変えずに問われて、間中さんも「ん？」と穂高君に向き直った。

それを見て、糸山さんはデスクに戻っていく。

「ああ。いけなかったか？」

「別に」

聞き返された穂高君はすぐに目を伏せ、せかせかと食べ進める。

せっかく時間を取ってもらえたのに、このままでは、ジェラートを食べ終えたら速攻で研究室に戻ってしまいそうだ。

「あの、穂高君！」

私は、自分のジェラートはテーブルに置いて、持ってきた企画書をファイルから取り出した。テーブルに身を乗り出し、彼の前にスッと差し出す。

「これ、今回通った企画書」

「ん」

穂高君は軽い相槌を打って、スプーンをくわえたまま企画書を手に取ってくれた。

文字を追っているのか、黒い澄んだ瞳が横に動く。

「冴島さん、次々と企画通して、すごいね」

間中さんが感嘆したように、私にそう声をかけてきた。

「今度、俺ともなにかコンビ組まない？」

「えっ？」

私はドキッとして、聞き返した。

間中さんは、うちの会社で唯一の男性用基礎化粧品のブランドに携わっている。

今まで私は、一緒にチームを組む機会もなかったけれど。

「嬉しいです。AQUA SILKでは出せない企画が通った時は、ぜひ」

声を弾ませて返事をすると、間中さんは「うん」と目元を和らげた。

「冴島さんの企画なら、絶対ヒットする。いつも歩武が独占してるけど、本当は一緒にやりたいと思ってる研究員、大勢いるんだよ」

「えっ」

からかうように目を細めて、ふっと吐息混じりに笑う間中さんに、私の胸は拍動を強める。

「別に、俺が好んで独占してるわけじゃないですけど」

穂高君が、淡々と言葉を挟んだ。

そこに、わかりやすい拒絶を感じて、私は声に詰まってしまう。

「冴島が企画した初めての商品に、俺が参画したのはたまたまだし。その流れで、今も一緒にやってるけど、冴島が他の研究員がいいって言えば、交替しても……」

「AQUA SILKは、穂高君じゃなきゃ、ダメ‼」

テーブルにバンと両手をついて、私はしっかりと立ち上がった。

穂高君は、スプーンを動かす手を止めて、喉を仰け反らせて私を見上げている。

「最初はたまたまでも、今は……」

「たとえば。最初が間中さんだったら、お前と名コンビって言われるのは、間中さんだったとしても？」

「っ、え？」

彼のボソッとした質問の意図が瞬時に図れず、私は口ごもって聞き返した。

穂高君が、探るように私を見ている。とっさに答えることができず、私たちの間に微妙な沈黙がよぎった。

間中さんは、黙って私たちを交互に見遣っていたけれど。

「悪い。俺、そろそろ研究に戻るな」

「っ……」

食べかけのジェラートを持って立ち上がった。

それには、私も穂高君も目線を上げる。

「社が誇る名コンビは不滅だろ？　仲違《なかたが》いするなよ」

たしなめるように、ポンと私の肩を叩いて、白衣の裾を翻す。

「あ……」

なんだか気まずい思いで、私はそっと目を伏せた。

事務所から出ていく間中さんの背に、糸山さんが「行ってらっしゃい」と声をかけている。

それを耳にしながら、私はストンとソファに腰を下ろした。

私と穂高君を気遣ったのだろうけど、この空気の中でふたりで残されてしまい、居心地の悪さに身を竦める。

結局、私は彼から目を逸らし、俯いてしまった。

「……ごめん。悪かった」

短い沈黙を破ったのは、穂高君の方だった。

「俺も、AQUA SILKの研究主任の座は、誰にも譲りたくはない」

歯切れ悪く言いづらそうだけど、はっきりと意思を伝えてくれる。

私はほんの少しホッとして、黙って彼に目を向けた。

穂高君は、私の視線を受けながら、「でも」と続ける。

「お前、間中さんと仕事したいだろ？」

「えっ？」

穂高君の質問に、私はぎくりと肩を震わせる。

それを、彼は上目遣いで観察していて、

「知ってるよ。冴島が、間中さんに惚れてるの」

声を潜めて、そう言った。

「……っ⁉」

私は、ドキッとして息をのんだ。

「なっ……なにを」

慌てて取り繕おうとしたけど、予期せぬ事態で頭の中が真っ白。ごまかす言葉も見つからない。

彼は、私の反応を涼しい目で見遣っていた。

「企画書、サンキュ」

パクパクと口を動かす私の前で、安定の素っ気なさであっさりと話題を戻す。

「またしても難しい研究になりそうだけど、尽力させてもらう」

「あ……うん」

爆弾発言をしたのは穂高君なのに。

私の返事は必要とせず、さっさと仕事モードに切り替える彼の前で、私もそれしか返せない。

結局、ジェラートを差し入れして企画書を渡しただけで、私は早々にラボから退散した。


毎週水曜日の午後一時半。

この時間、週に一度のブランド定例会議が行われる。

今日は、午前の仕事が立て込んだせいで、休憩に入るのが遅くなってしまった。

急いでランチを終えて、いつもの中会議室に駆け込むと、十五人のチームメンバーの大半が集まっていた。

AQUA SILKの商品企画、製造から販売に至るまで、このブランドに携わっている人たち。プロジェクトチームの発足から三年、何人か入れ替わりもあったけど、ほとんどのメンバーは不動だ。

先に来ていた人たちに「お疲れ様です」と挨拶しながら、窓際の空いている席に腰を下ろす。

そっと室内に視線を走らせると、穂高君もすでに来ていた。

コの字型に並んだ向かい側のテーブルの、端っこの席で頬杖をついている。

ラボではいつも白衣を着ている彼が、この会議の時は周りと変わらない普通のスーツ姿。営業部の男性と並んで座っているせいか、こうして見ると、ちょっと愛想の悪い営業マンと見えなくもない。

営業……絶対不向きだろうな。

取引先に乗り込んで商品のプレゼンをしたり、販売スペース拡大の売り込みを仕掛けたり……。

いつもどこか気怠《けだる》げな穂高君が、アグレッシブに動き回る姿を想像して、私は失礼ながら、ついふふっと吹き出してしまった。

それを、隣の広報部の女性に聞き拾われる。「どうかした?」と訊ねられ、慌てて笑ってごまかした。

気を取り直して「ふうっ」と声に出して息を吐く。そして、会議の始まりを待っている穂高君に、気付かれないようにもう一度横目を流した。

まさか、穂高君が、私が間中さんに片想いしてることに気付いてたなんて――。

気が動転して、弁解もできないまま、ラボから逃げ帰ってくるしかなかった、つい数日前の自分を思い出し、なんだかそわそわしてしまう。

私は、親からも友人からも、『考えてることがわかりやすい』とよく言われてきた。中学、高校で同級生に秘めた片想いをしていたことも、親しい友人にはバレバレだったようで、意を決して『○○君が好きなの』と打ち明けたのに、『そうじゃないかと思ってた』と、けろっと返されることもしょっちゅうだった。

思ってることがすぐに表情に出てしまう、よく言えば素直な性格。悪く言えば情動をコントロールできないと取られ、社会人としては未熟。

自覚がある分、ずっと気をつけていたつもりだったのに、ラボで間中さんと顔を合わせて言葉を交わしている時、やっぱり顔や声色に表れてしまったんだろうか。

私には完全に無関心な穂高君に見抜かれていたなんて、よほどダダ漏れだったに違いない。

今日、私はこの会議で、企画が通った新商品について説明しなきゃいけない。大事な発表を控えているというのに、会議が始まっても、穂高君をチラチラ窺ってばかり。

彼の方は、いつも通り無表情で各発表者の話に耳を傾けていて、一度も私と目が合うことはなかった。

会議は一時間で終了して、みんながわらわらと立ち上がる。

「また来週」と声をかけ合って会議室から出ていくメンバーを横目に、穂高君は急ぐ様子もなく、ゆっくりとレジュメを片付けている。

私は一度ゴクッと唾を飲み、思い切って彼に歩み寄った。

「ほ、穂高君」

ちょうど、穂高君が椅子から腰を浮かしたタイミングで声をかける。

「ん?」

彼が、斜めの角度から視線を上げてくる。

「なに」

しっかりと立ち上がった穂高君を、今度は私が喉を仰け反らせて見上げる。

「あの。話したいんだけど」

「会議中に言わないってことは、仕事の話じゃなさそうだな」

「わ、私とは、仕事以外の会話は必要ない?」

溜め息混じりに目を伏せる彼に、私はムキになって言い返した。

「別に、そんなこと言ってない。で、なに？」

穂高君は、背筋をピンと伸ばして先を促してくる。

私は無意識に、会議室内にサッと視線を走らせた。

他のメンバーはみんないなくなっていた。会議室のドアは開け放たれているけど、今なら誰の耳も気にせずに済む。

「この間、私がラボにお邪魔した時、穂高君言ったでしょ？」

「……？　なんだっけ」

とぼけているのか、それとも、私とのやり取りなんて、心に留めもしないのか。

彼は目線を宙に上げて、記憶を手繰《たぐ》るような顔をした。

「だから、その。……私が、間中さんのこと……」

自分でわざわざ言わなきゃいけないのが屈辱だけど、そうでもしないと穂高君には伝わらなさそうだ。

早くオフィスに戻って、残った業務を再開しなきゃいけない、という焦りもあり、急いた私は、自ら彼の思考を導いた。

「ああ」

穂高君は表情も変えずに、短い相槌で返す。

「いつから気付いてたの？　っていうか、穂高君に見抜かれるほど、私、顔に出ちゃってるってこと？」

思わず、食い入るように質問を畳みかけてしまった。

私の剣幕に、さすがに穂高君もギョッとして、軽く背を反らして逃げる。

「別に、気にするほど出てないよ。本人も気付いてないだろうし、いいんじゃん？」

完全に他人事《ひとごと》といった感じの穂高君に、私は勢いよくブンブンと首を横に振った。

「よくない、全然。だって、穂高君は気付いたじゃない」

「そりゃ、俺は……」

頭を抱える勢いの私に、彼がなにか言いかけた。

「え？」

顔を上げて、ほとんど縋《すが》る気分で続きを待つ。

けれど彼は、私からつっと視線を逸らして大きな手で口元を覆い、「ああ、いや」と言葉を濁す。

「……研究者だから？　人の行動を観察して分析するのも、時にはおもしろいというか」

「それか」

「穂高君らしくない言い訳しないで。そもそも穂高君、私の行動なんか興味ないでしょ」

特に反論もないのか、黙り込んだ穂高君の前で、私はがっくりとこうべを垂れた。

それでもなんとか自分を奮い立たせ、グッと顔を上げる。

「あの……言わないでね」

「言うかよ。ガキじゃあるまいし」

穂高君は、『心外だ』と言いたげに、眉根を寄せて即答した。はっきりと言質《げんち》を取ってホッと胸を撫《な》で下ろす私を、じっとりとした目で見下ろしている。

「……結構、前から」

「え？」

頭上から、ボソッとした声が降ってきて、私は聞き返した。

「冴島が、結構前から間中さんに片想いしてるの、俺、知ってた」

「っ……」

「お前、会議で企画の報告してる時は〝綺麗でデキるお姉さん〟って感じで、ウジウジ片想いを続けるタイプじゃないのに。なんで、言わないの？」

穂高君は真顔で、いつも以上に感情のこもらない単調な口調で訊ねてきた。

どこまで本気かわからないけど、〝綺麗でデキるお姉さん〟という言葉をしっかり聞き拾って、私は不覚にもドキッとしてしまった。

「は、ははっ」

照れ隠しに乾いた笑い声をあげて、こめかみを指でポリッとかいた。

「間中さん、長い付き合いの彼女がいるって、知ってたから」

「春先に、別れたってよ」

「……それも、知ってるけど」

そこで言葉を切った私に先を促すように、穂高君が軽く顎先《あご》を上げる。

「私、接点が少なすぎて。ただの〝後輩〟としか思われてないの、わかるから……」

「それで、自信なくて言えないんだ？　へえ。冴島って、結構面倒くせえ……」

言葉通り、本当に鬱陶《うっとう》しそうに言われて、私もムッとして唇を尖《とが》らせる。

「自信ないわよ。っていうか、告白するのに『自信たっぷりです！』って、どんな女なの」

「確かに。それもそっか」

穂高君は、抑揚のない声でさらりと同意して、顎を撫でながらなにか思案している。

そんな彼に、ツッコんでみたい悪戯心が、むくむくと湧き上がった。

「そ、そういう穂高君は、どうなの？」

「え？」

「私のこと面倒くせえって茶化すくらいなら、相当恋愛に自信あるんでしょ？」

ちょっと意地悪な気分になって、腕組みをして探りかける。

「穂高君、私には無愛想だけど、なかなかのイケメンだし。本気で狙えば、女の子は百発百中とか」

「なにが言いたい？」

「恋のスナイパ〜。うわあ。そりゃあ、私のことも〝ウジウジ〟なんて簡単に言ってくれちゃうか〜」

なんのテンションだか、歌うような口調でからかった私に、

「……はあ？」

彼はたっぷり一拍分の間を置いた後、顎から手を離しながら、珍しく裏返った声で聞き返してきた。

相当呆れ果てているんだろう。真顔で、凍りつきそうなほど冷たい瞳を向けてくる。

親しい仲にも礼儀あり。いや、全然親しくないのに、揶揄《やゆ》した私がマズかった。

「ご、ごめん。なんでもない。ふざけすぎた」

この場を取り繕おうとして、私は慌てて謝罪をした。

自分でも、どうして穂高君に変な切り返し方をしたのか、いまいちよくわからない。

彼の方は、仏頂面のまま。

余計な話題に発展してしまったせいで、私たちの間に漂うこの微妙な空気を、どうやってもとに戻せばいいか、私にはなす術もない。

結局。

「と、とにかく。間中さんには、絶対言わないで！　言いたかったのは、それだけ」

私は無理矢理話を終わらせて、彼の胸元にグッと人差し指を突き出した。

彼は顎を引いて私の指先に視線を落とし、わずかに胸を反らして逃げる。

そして、ムッとしたように口をへの字に曲げた。

「信用ないな。言わないって言ってるだろ」

穂高君が言い返してくるのを右から左にスルーして、くるりと背を向ける。

「じゃ、じゃあ！　また来週、御機嫌ようっ」

来週のブランド会議で顔を合わせる頃には、私と穂高君の空気感はいつものよそよそしいものに戻っているだろう。

普段は切なく感じる彼とのその距離感を、今は切に望んでいる自分が意味不明だ。

意識して少し歩幅を大きく取り、カツカツとヒールを鳴らしてドア口に向かう。

「……だ」

廊下に出かかった時、くぐもった小さな声が背後から聞こえて、私は無意識に足を止めた。

ついつい肩越しに振り返ると……。

「そんな技があったら、とっくに撃ち落としてるに決まってんだろ……」

穂高君が壁に背を預け、大きな手で顔を覆って独り言《ご》ちていた。

はあっと声に出して溜め息をつく様に戸惑い、私はきょとんとしてもう一度彼の方に向き直った。

「穂高君……？」

恐る恐る呼びかけると、彼はわかりやすくビクンと肩を震わせた。やけにゆっくり顔から手を離し、「うわっ」と上擦った声をあげて飛び退く。

「ま、まだいたのかよ、お前」

「まだって」

「っていうか、聞こえた……？」

彼はカッと頬を赤らめて、私から顔を背けた。

どうやら、私がもういないものと思って、無防備になっていたようだ。

穂高君にしては珍しい慌てぶりを見ると、今の独り言も、私が聞いてはいけないものだったのかもしれない。

「う、ううん」

だから私は、気を利かせて聞こえなかったフリをした。

「なにか聞こえた気がして、足が止まっただけ。私に関係ないなら、別にいいから」

とっさに笑みを浮かべて、ごまかす。

勢いよくペコッと頭を下げてから、私は今度こそ会議室から出た。

初めての接近

私が間中さんに恋心を抱くようになったのは、もう四年も前のこと。

そう、初めて企画書が会議に通った頃のことだ。

私たち商品企画部の社員は、化粧品の企画段階で、詳しい研究データや化学成分などの知識を求められることはない。でも、闇雲にアイデアを絞ったところで、商品化が難しいと判断されれば、当然ながら企画が通るわけがない。

企画落ちが続く中、行き詰まった私は、以前ちょっとだけ言葉を交わしたことがある間中さんを、藁《わら》にも縋る思いで頼った。

私は新しい化粧水の企画を考えていて、それが現実的に商品化できるかどうか、製造する上で原料調達は困難ではないかを、事前に確認したかったのだ。

電話で分析をお願いすると、研究開発部の集合アドレスに詳細を送るよう指示をもらった。

私は言われた通り、まだ未完成の企画書を送った。それに対して、彼は【少し時間をもらえれば】と返信してくれたのだ。

一週間後、私が送ったのと同じ集合アドレスから、返事が届いた。

商品化が可能かどうか、私はその答えをもらえれば満足だった。でも間中さんは、研究の合間を縫って、まだ構想段階の私の企画を、わざわざ実験してくれたのだ。

『簡易的な実験だけど』と、いくつかのパターンごとに結果報告書を送ってくれた。

彼はその当時、一番の主力だった基礎化粧品ブランドの研究主任を務めていて、とても多忙だったのに。

パソコンで報告書のPDFに隅々まで目を通し、最後のページまでいって、私の胸はドキッと跳ね上がった。そこに、手書きのメッセージが残されていたからだ。

【君の夢が叶《かな》いますように。応援してます】

走り書きだけど、男の人にしては繊細で綺麗な文字。

それが、私の胸にとても温かく染みて、きゅっと締めつけられた。鼻の奥の方がツンとして、視界の中でメッセージが滲んで歪んだ。

【ありがとうございました！　絶対、絶対、今回の企画通してみせます！】

舞い上がったまま、震える指でキーを打った。

彼にお礼のメールを送った時の、あの高揚感は忘れられない。

いただいた報告書を自分なりに分析して、再考に再考を重ね、そのたびにメールで相談した。彼はそれにも、いつも丁寧に助言してくれた。

間中さんの全面的な協力を得て、私らしさはそのままに、それまでのどれよりも現実的で、立派な企画書が仕上がった。

そのおかげで、絶対的な自信を持って、企画会議に臨むことができた。

そして私は、初めて商品化を実現させたのだ。

私は、間中さんのおかげで、魔法のアイテムを創るという夢を叶えることができた。

間中さんは、私に幸せをくれた魔法使い。

彼への感謝が、好意を超えて恋に変わるのは、あっという間だった。


梅雨空が続く中、七月に入って最初の金曜日。

この日は、AQUA SILK の春夏モデルが売れ行き好調との報を受け、チームの祝賀会が予定されていた。

私は、事務仕事は五時前に切り上げ、オフィスを出た。

夕刻になっても、ムッと蒸し暑い空気に、わずかにげんなりする。

それでも気を取り直して、アスファルトにヒールを打ち鳴らし、オフィス街を闊歩《かっぽ》した。

近隣の商業ビルに入っている、AQUA SILK の販売コーナーをいくつかはしごする。販売員に、肌で感じる売れ筋や、お客様からの商品への要望をヒアリング。テスターを試すお客様を観察してから、祝賀会に向かった。

午後七時開始の祝賀会に、私は五分前に到着した。

オフィス近くのビルのレストランフロアにある、地鶏料理が名物のお店のお座敷席。誰かが連れてきたのか、チームメンバーの他にも何人か見知った顔がある。

私は挨拶しながら、隅っこに腰を下ろした。

「お疲れ様です」

チームで一番の若手、販売部アシスタントの新井《あらい》さんが、隣からおしぼりを手渡してくれる。

「ありがとう」

彼女に笑顔でお礼を言って、温かいおしぼりで手を拭いながら、私はお座敷内にサッと視線を走らせた。

掘りごたつ式の長いテーブルが二脚並んでいて、二十人ほどが囲んでいる。

チームメンバーはほぼ揃っているけれど、穂高君はいない。

「あ。穂高さんなら、ちょっと遅くなるそうですよ」

私の視線に気付いたのか、新井さんが先回りして教えてくれた。

見抜かれたことにドキッとしながら、私はほんのちょっと苦笑する。

「穂高君、いないなって思ったの、バレた？」

穂高君に秘密の片想いを見抜かれてから、自分で思う以上に思考が顔に出てるんじゃないか……と、気にするようになってしまった。

だから今も、新井さんに確認しておきたかった。

けれど彼女はクスッと笑って、「いいえ？」と語尾を上げる。

「チームの飲み会で美紅さんが気にして探す人は、穂高さんしかいないでしょ、って」

「……ん？」

特に気にした様子もなくさらっと言われて、私はかえって難しい気分に陥った。

それは、〝コンビ〟という刷り込み効果のせい？

チームの飲み会で、穂高君と隣合わせで座ったことはほとんどないのに。私がいつも、彼を気にしていると思われてる気がする。

ラボに行っても、訪問相手は穂高君しかいないって感じだし……。

私は複雑な気持ちで、彼女から目を逸らした。

祝賀会は、穂高君不在のまま、盛大な乾杯で始まった。

今日は、厚い雲間から太陽が顔を覗かせることはなかったけれど、雨は降らなかった。朝からジメジメして蒸し暑かったから、みんなのグラスもピッチ早く空いていく。

メンバーたちが、いつも以上に美味しそうにビールを飲み干す様子に目を細めていると、新井さんが、「あのお～」と探るように声をかけてきた。

「ん？」

私は、一杯目のビールを半分ほど減らして、首を傾げて聞き返す。

「ずっと聞きたかったんですけどお。美紅さんと穂高さんって、その……恋愛感情みたいなものはないんですか？」

「っ、へっ⁉」

まだそれほどお酒は進んでいないのに、いきなりぶっ飛んだ質問をされて、私の声はひっくり返ってしまった。

「あ。慌ててる。ってことは……」

「ないないっ！　私と穂高君、コンビなんて言われてるけど、それはあくまで仕事上の関係。このチーム外で、接点ないよ？」

私は慌てて早口で返して、一瞬跳ね上がってしまった心拍を抑えようと、「ふううっ」と口をすぼめて息を吐いた。

そして、グラスを傾け、残り半分のビールを一気に喉に流す。

「おおお〜。美紅さん、いい飲みっぷり」

新井さんは無邪気に手を叩いてから、私のグラスに瓶ビールの口を傾けた。

「あ、ありがと」

トクトクと音を立てて注がれる琥珀《こはく》色の液体を見つめながら、私は意味もなく額を手の甲で拭った。

「いきなり変なこと聞いて、すみません。でも、同じ販売部の同僚たちに、よく聞かれるんですよ」

「え？」

「美紅さんと穂高さんが息ぴったりで、ヒット商品を続々と生み出せるのは、きっとプライベート込みのコンビだからだろうなって」

私はドキッとして、テーブルに頬杖をつく彼女の横顔を見つめた。

「仕事もプライベートも、って……どれだけ恵まれたOLライフよ⁉って。妬みたくなるほど羨ましいけど、それが美紅さんと穂高さんなら、もう羨望しか湧かないなあって」

「………」

新井さんが言ってくれる〝羨望〟は、正直なところとてもくすぐったいけれど、同時に嬉しかったのも本心だ。

私と穂高君がどうとかじゃなくて、そういう仲良しコンビに憧れる気持ちは、私にもある。

「お言葉は、嬉しい」

私は彼女にはそう答えて、なみなみに注がれたグラスに口をつけた。

そうして、この間ラボで穂高君に言われたことを思い出す。

『冴島、間中さんと仕事したいだろ?』

ゴクッとビールを飲み下した。

「……そりゃあ」

無意識に口をついて出た言葉を、新井さんが聞き拾った。

「え?」と聞き返されて、私は慌てて首を横に振ってみせる。

「なんでもない」

笑ってごまかしてから、肩を動かして息を吐いた。

穂高君に指摘された通り、間中さんと一緒に仕事がしたいという思いは、今まで胸から消えたことはない。

正直に言う。

私は、初めて商品化にこぎつけた企画で、間中さんが研究主任に就いてくれることを期待していた。

だって、彼は企画段階から実験をして、いつも的確な助言をしてくれたから。実際に商品化に向けて研究するなら、彼が担当してくれるのが、一番自然で効率がいいと思っていた。

だから、研究担当が穂高君に決定したと聞いた時は、『どうして』と残念に思ったことは否定できない。

今さらだけど、なんであの時、間中さんが担当にならなかったのだろう……？

もちろん、彼は他のブランドも抱えていたし、当時はまだ補助的な立場だった穂高君が任されたのは納得できる。

でも。

『最初が間中さんだったら、お前と名コンビって言われるのは、間中さんだったとしても？』

穂高君本人からあんなことを言われて、蒸し返したくなくても、私も『どうしてあの時……』と考えてしまったのは確かだ。

「……ねえ、新井さん」

揺れる心を誰かに止めてほしくて、私は半ば縋るような気分で、新井さんに声をかけていた。

「はい？」

「もし。もしも、だけどさ。AQUA SILKの研究主任が、穂高君じゃない、別の人だったとしたら……」

私は、自分の中で言葉を探り、ためらいがちに切り出した。

新井さんは、「え？」と言葉を挟んでくる。

「そうしたら、今のAQUA SILKは、どうなってただろう？」

はっきりと質問したのに、なにか迷いが混じっているのを、自覚していた。

新井さんにとっては、私の質問は相当予想外だったのだろう。

鳩が豆鉄砲を食らったように、大きく大きく目を見開いて……。

「そこ、〝もしも〟が必要ですか？」

「え？」

胸を張って強気で訊ね返されて、私の方が口ごもった。

ふんわりした雰囲気で、まだ新人気分が抜けていないと思うこともある彼女が、今はやけにキリッとした表情を見せる。

「AQUA SILKは、美紅さんが企画した商品を、穂高さんが全力で研究開発して商品にするから、ヒットするんです」

堂々と自信満々で言い切る彼女に、私は無意識にゴクッと喉を鳴らした。

「先期の売り上げ、社史に残る記録だって聞きました。こんなに成功してるのに、他のメンバーなんて想像できません。いや、したくないし、してほしくないです！」

きっぱりと言い切って、新井さんは唇を結んでニッと笑った。

それにつられて、私も口元を緩める。

「そうよね」

ほとんど反射的に、頷いていた。

「うん。私と穂高君が名コンビって言われるようになるのは、定められた運命だったってことよっ‼」

妙な自信が湧いてきて、私はギュッと握った拳《こぶし》を突き上げた。

新井さんが「よっ！」と囃《はや》し立てると、座敷のあちこちから笑い声が沸く。

そしてその時……。

「おい。恥ずかしいから、そういうこと絶叫するな」

「へっ」

背後からちょっとくぐもった声が聞こえて、私はビシッと手を伸ばしたまま、一瞬凍りついた。

「あ、穂高さん！　お疲れ様で～す」

新井さんは私に構わず振り返って、声の主に労いの挨拶を向けている。

「えっ⁉」

金縛り状態が解け、私は腕を引っ込めながら、勢いよく振り返った。

そこに、口元を手で覆い、わかりやすく目を逸らしている穂高君を見つける。

「ほ、穂高く……！」

「穂高さん！　せっかくだから、〝運命の相棒〟のお隣、どうぞ～」

新井さんは、なんの気を利かせたのか、いそいそと立ち上がってしまう。

「えっ⁉　あ、新井さんっ⁉」

私はギョッとして、別の席に移っていく彼女の背に声をかけたけれど。

穂高君は、目頭を指で押さえて、短い息を吐き、

「お邪魔します」

特に抵抗なく、私の隣に腰を下ろした。

目を丸くしている私に構わず、スーツの上着を傍らに置いて、ネクタイを緩める。

彼に気付いたメンバーが、座敷内のあちこちから「穂高、お疲れ〜」と声をかけてきた。

「どうも」

涼しげに返す彼に、逆隣の席の男性がビールを注いでいる。

「ほら、飲め。外、暑かっただろ？」

「ありがとうございます」

穂高君は淡々とお礼を言って、勢いよくグッとグラスを傾けた。

一気に飲み干し、「ふうっ」と息を吐いてグラスをテーブルに戻す彼に、なぜだかパチパチと拍手が湧く。

「あ、どうも」

再びビールを注ぎ足してもらいながら、穂高君は軽く口元を手の甲で拭った。

すると、どこからか、

「飲み会でうちの名コンビが隣合わせに座るの、初めて見たなあ〜」

そんな声があがった。

「えっ？」

私はドキッと胸を弾ませながら、声を挟む。

「遅れてきて、席選べなかっただけ。たまたまだけど、言われてみたらそうかもな」

穂高君は特に表情を動かすことなく答えて、ちらりと私に横目を向けた。

「……たまたま、だけどね」

私は穂高君から目を逸らし、彼に合わせて同意を示した。

そんな私たちをおもしろがって、メンバーたちは冷やかすように口笛を吹き、からかい始める。

みんなは、穂高君が照れ隠しで言ってると思ってるんだろうか。

だけど、言われた私は、彼の言葉の端々に、『冴島の隣がよくて座ってるわけじゃない』というニュアンスを感じてしまった。

――モヤモヤする。

私の中で、なにかが弾けた。

「……え～いっ！　私、今夜は飲みます！」

穂高君がギョッとして「おい」と制止する手を振り払い、まだたっぷり入っていたグラスのビールを飲み干した。

そして、それから二時間半――。

「バカか、お前」

穂高君が私の右腕を肩に担いで歩きながら、溜め息混じりに呟いた。

「大して強くもないくせに。人の制止を振り切って飲みまくって潰れるとか、カッコ悪いこと、やめてくれよな」

「う……ごめんなさい……」

確かに……。

なにが弾けたのか、今となってはよくわからないほど、調子に乗ってグビグビ飲んでしまった。

穂高君の言う通り、私はそれほどお酒に強いわけじゃない。

当然の結果、酔い潰れた。

穂高君はみんなから『相方の面倒みてやれよ～』と冷やかされ、酔っ払いの私を押しつけられてしまった。

そして、ぐちぐち言いながらも、私を担いで移動してくれている。

身体に力が入らず、穂高君にほとんど全体重を預けて、私はよろよろと足を動かすだけ。

それでも、申し訳ない思いが胸に広がる程度に、私はちゃんと理性を保っていた。

そこに。

「……ったく」

不機嫌な呟きが、わりとすぐ耳元から聞こえてくる。

「いい加減、なんでもかんでも〝コンビだから〟で、俺たちをひとまとめにしたがるの、やめてくれないかな……」

「っ」

何気ない独り言といった調子だったけど、それが嘘偽りない本心に聞こえて、私の胸はズキッとした。

いつもなら、『迷惑かけてごめんなさい』とすぐに謝ることができたはず。

なのに、さっきの靄《もや》がまだ胸に立ち込めていた私は、ムカッとしてしまった。

やっぱり、自分で思う以上に酔っていて、まともな思考が働いていないのかもしれない。

私はむうっと唇を尖らせて、穂高君の肩に預けていた右腕をブンと振り回した。

ずっと掴まれていた腕は感覚がなくて、力の加減がわからない。

まるで、私が突然暴挙に走り、反乱を起こしたようになってしまう。

「うわっ」

穂高君が短い声をあげて、バランスを崩した。

私の全体重を一身に背負っていた彼は、体勢を保つことができず、私たちは一緒に道路に崩れ込んでしまった。

「っ……おいっ！　冴島！　お前、いきなり暴れるなよっ」

穂高君は、アスファルトに尻餅をついて顔をしかめ、上擦った声を張り上げた。

私の視界の中で、彼の姿がグラグラと揺れる。

なんだか船酔いしてるみたいに、上下左右の感覚が覚束《おぼつか》なくなり、私は彼から目を逸らした。そして、地面に手をつき、ギュッと握りしめる。

「ほっといて」

「え？」

「迷惑なんでしょ？　もう、ほっといて」

同じ言葉を繰り返す私に、穂高君が口を噤《つぐ》んだ。

オフィス街のど真ん中の広い通りには、私たちと同じ酔客たちが行き交っている。

通りの端っことはいえ、ふたりしてぺたんと座り込む私たちを、興味津々で見ているのが感じられた。

それでも、完全に酔いが回った私の頭の中はグルグルしている。視界も狭窄《きょうさく》していて、周りの視線など全然気にならない。

「……悪かった」

穂高君が、納得いかなそうなボソッとした声で謝り、

「ちゃんと、家まで送るから。ほら、立てるか？」

私の前で片膝をついて、手を差し伸べてくれる。

上向いた彼の手の平をじっと見つめてから、私はプイッと顔を背けた。

「……冴島」

穂高君が、深く太い溜め息をつく。

「拗《す》ねるなよ。みんな見てるから。ほら。さーえーじーま」

彼にしては珍しい、間延びした宥《なだ》めるような呼び方だから、お手上げ状態で、完全に持て余してるのがわかる。

本当は私のこと、面倒で鬱陶しいくせに。

私が『ほっといて』と言ったんだから、さっさとひとりで先に帰ればいいのに。

酔っ払いの私に付き合ってくれるのも、コンビなんて名目でみんなに押しつけられ

たから、仕方なく。放っておくのも、体裁が悪いから、それだけだろうに。

私は、いつになくひねくれていた。

「あの～。どうしたら、機嫌直して立ち上がってくれる？」

弱りきった低い声を聞いて、私は勢いよく顔を上げた。

すぐ目の前にいた穂高君は一瞬ギクッとした後、目を丸くして私を見ている。

「穂高君は、いつもつれない！　素っ気なさすぎるの‼」

日頃から抱えていた不満が、こんな時に膨れ上がってしまった。

ビシッと人差し指を突きつけて睨む私に、彼が「は？」と怯《ひる》む。

「私たち、ただのコンビじゃないよね⁉　同期だし、私はもっと打ち解けて、仲良くやりたいのに……穂高君は、いつも私との間に壁を作る‼」

ここぞとばかりに声を張ると、穂高君が「はあ？」と語尾を上げた。

「いつも一緒に仕事してるチームのメンバーが、飲み会で隣に座っただけで、話題にして冷やかすくらい、私と穂高君には、高い高い壁があって」

「………」

穂高君は無言で、私からスッと目を逸らした。

逃げられた気分で、私はしゅんとして俯く。

「私、そんなに嫌われてるの？」

「……嫌ってない。別に」

穂高君も、困った様子だ。当たり障りなく、申し訳程度の返事をするけれど。

「だったら、もっと心を開いてよ！　私たちがコンビになったのは、絶対運命だもん」

私は焦らされた気分で、彼のネクタイを掴んでグイと引っ張った。

穂高君が、「うっ」と小さく呻《うめ》く。

「冴島、苦しい。離せ」

「約束してくれたら、離す！」

頬を膨らませて、彼が折れるのを待っていると。

「……仲良くって、どのレベル？」

「え？」

なにか難しい言葉を聞いた気がして、私は目線を上げる。

穂高君はガシガシと頭をかいてから、ネクタイを掴む私の手に、そっと手をかけた。

そこに目を伏せ、私の指を一本ずつ開かせる。

私が手を離すと、ふうっと口をすぼめて息を吐き、再び私の前でドスンと座り込んだ。立てた片膝に肘をのせ、頬杖をつく。

「同じチームの仲間として？　同期として？」

斜めの視線で、私を探ってくる。

「それとも……男と女？」

「ほ、穂高君？」

私は反射的にビクッとして、彼から逃げるように背を反らした。

「俺は……」

穂高君も、私から顔を背けて小さく唇を動かす。

「冴島が好きなのは間中さんだって、知ってる」

この時間になってもじっとりと暑い、夏の夜の空気に消え入る、穂高君の声。

私の目の前で、彼の男らしい喉仏が一度上下した。

「俺は、不器用だから。冴島が言う〝仲良く〟の匙《さじ》加減、調節なんかしてやれない」

「え……？」

「〝運命〟だの、〝仲良く〟だの言われたら、お前が誰を好きだろうが、遠慮してやれなくなるけど」

穂高君の薄い唇がキュッと結ばれるのを、私は焦点が合わないまま、ぼんやりと見ていた。

私が返事できなかったのは、穂高君がその先になんて続けるか予想もつかず、彼の言葉を待っていたからかもしれない。

やがて、穂高君が再びゆっくり口を開いた。

「それでも、俺ともっと仲良くしたい？」

「え、っと」

「俺は、お前との間に、中途半端は必要ない。今が不満なら、男と女。……そうなるけど、いい？」

穂高君の黒い瞳の奥で、なにかが揺れた。

その、どこか危うい光に気を取られている間に、彼が私に顔を寄せてきた。

私の視界いっぱいに、穂高君の顔が映る。

彼以外なにも見えなくなり、今までにないくらい接近しているのを自覚する前に――。

「っ、んっ……」

唇に、温もりが落ちてきて、一瞬、頭の中が真っ白になった。

大きく目を見開いても、さっきから視界を占領している穂高君の顔は、近すぎてぼやけてしまい、はっきりと捉えられない。

彼は薄く目を開けて、至近距離から私の瞳を射貫いている。

私の反応を観察していることだけは、なぜかはっきりとわかった。

唇に重なっただけの温もりに、動きが加わった。下唇を食《は》む感触がやけにリアルで、私の思考はやっと、穂高君とキスをしているという現実に追いつく。

「っ……ん、うっ……⁉」

無意識に漏らした声は、明瞭な音にはならずにくぐもる。

「ほ、だか、く……！」

私は必死になって、彼の胸に手を置いた。

力いっぱい腕を伸ばすと、私の唇から温もりが離れていく。

それほど長いキスじゃなかったのに、私の息は乱れていた。

激しく困惑して、男の人にしては長い睫毛《まつげ》が、掠《かす》めそうなほど近くで震えるのを、見つめるしかできない。

彼は、私の視線を意識しているだろうけど、目線を合わせずハッと浅い息を吐いた。

「ごめん」

「えっ……？」

素直に向けられた謝罪になぜか怯み、私は反射的に聞き返していた。

すぐ目と鼻の先で、穂高君が一度目を伏せ、

「立て」

いきなり私の腕を掴み上げた。

先に立ち上がった彼につられて、脱力しきっていた私も引っ張り上げられる。

「っ、あっ」

私の足がもつれるのも構わず、穂高君はグイグイと腕を引いて、車道近くに歩いていった。そして、空車表示のタクシーにまっすぐ腕を伸ばして停めると、

「お休み、冴島」

後部座席に私を無理矢理押し込んで、サッとドアを閉めた。

「っ……え、穂高君っ……!?」

彼との間を遮るドアに両手をついて、私は思わず声をあげてしまったけれど。

「どちらまで？」

バックミラー越しに、運転手さんが目を向けている。

それを見て、私は手を引っ込めた。

タクシーの進行方向とは逆に向かって歩いていく、穂高君の背中を目で追いながら……。

「……五反田《ごたんだ》まで」

自分のマンションの住所を告げていた。

一夜明けて土曜日の朝。

私は、自分の呻き声で目を覚ました。

「ううう……」

脳の深層からじわじわと断続的に湧いてくる、鈍い痛み。

この頭痛は、間違いなく二日酔いが原因。社会人になってからたびたび経験するようになったけど、今朝はこれまでになくひどい。

地の底を這うような低く太い声で呻きながら、私はまるで蘇《よみがえ》りたてのゾンビみたいに、むくっと上体を起こした。どうにも重い頭が、最後に持ち上がる。

「うう……」

額に手を当て、一度ぎゅうっと固く目を閉じてから、これまた重い目蓋をぼんやりと開けた。

見回すまでもなく、私はちゃんと自分の住処《すみか》でベッドに横たわっていた。

九畳の1Kの間取りで、それほど広くはないけれど、一応、都心と言われる立地。

二十代の独身OLのひとり暮らしなら、これでも贅沢だ。

私の実家は東京都下で、通勤時間は一時間を超えてしまう。入社当初は実家暮らしだったけど、日々企画に明け暮れていた私の帰りはいつも終電ギリギリ。うっかり座ってしまった日には、企画のことを考えながら寝落ちして、終点まで乗り過ごしてしまうことが何度もあった。そこからタクシー帰りという痛い失態が続き、入社二年目で家を出たのだ。

ここからなら、オフィスまでドアトゥドアで四十分。家賃はちょっと高いけど、毎月支払うだけのメリットは十分ある。

しっかり閉まっていないカーテンの隙間から、薄く鈍い日光が差し込んでいる。

この数日、ぐずついた梅雨空が続いたけど、どうやら今日は晴れ間が期待できそう。

私はベッドから片方ずつ床に足を下ろし、窓辺に歩いていった。

欠伸を嚙み殺し、ガシガシと頭をかきながらカーテンを開けると、予想通り、薄曇りの空に白っぽい太陽を確認できた。

身体を動かしたおかげで、意識がはっきりしてきた。

少しずつ思考回路も覚醒《かくせい》していき、同時に、猛烈な喉の渇きを覚える。

私はズキズキ痛む頭をさすり、キッチンに向かった。

冷蔵庫からお茶のペットボトルを取り出し、コップになみなみと注ぐ。

冷たいお茶を、ゴクゴクと一気に喉に流し込んだ。

水分が枯渇していたのか、飲むそばから全身に染み渡っていくような気がする。

大量のアルコールのせいで干上がっていた身体が、潤いを取り戻していく。

ふうっと口をすぼめて息を吐く。

そして、その時になって初めて、自分の格好に意識が向いた。

「あちゃ～……」

マンションに帰ってきた途端、力尽きたんだろうか。私は、昨日の通勤着のままだった。

素足なのを見ると、無意識にストッキングは脱いだのだろう。でも、ネイビーのボックスプリーツのスカートは、悲しいくらい皺《しわ》だらけ。プリーツが伸びてしまっている。ベビーピンクのパフスリーブのサマーニットも心なしかヨレヨレだ。

玄関の方に顔を向けると、昨日履いていたヒールはだらしなくひっくり返っているし、バッグも放置されている。なんともひどい有様だ。

「なんたる失態……」

私は昨夜の自分にがっくりして、玄関にバッグを取りに行った。

軽く腰を曲げてバッグを持ち上げながら、なんでこんなになるほど飲んだんだっけ？と首を傾げる。

部屋に引き返す間、昨夜の祝賀会を最初から思い起こしていって――。

「っ……‼」

部屋に足を踏み入れた途端に、記憶が全部戻ってきた。

中でも一番のショッキングな出来事が、最後に脳裏に浮かび、心臓がドクッと大きな音を立てて跳ね上がる。

その拍動が引き金になって、唇に押し当てられた柔らかい感触まで蘇ってきた。

「そ、そうだ、私！　なんで、穂高君とキス……！」

思わず口走ってしまい、声を抑えようとして口に手を当てた。

そして、唇に触れた自分の手の平にも慌てる。

すぐに手を離したものの、体温が一気に二度くらい上昇したみたいに、全身がボッと火照《ほて》り出す。

立っていられなくなって、私はその場にペタンと座り込んでしまった。

その姿勢のせいか、今も目の前に、薄く目を開いて私の反応を探る穂高君がいるような気がして――。

「っ！」

私のより少し硬い彼の唇が、下唇を食むように動いたことを、思い出してしまう。

身体の芯でなにかがきゅんと疼《うず》くのを感じて、私は激しく動揺した。

「な、なに、今の。きゅんって‼」

ひとりジタバタして、フローリングの床にゴツンと額をぶつけた。

心臓は、ドッドッと太鼓の乱れ打ちのような音を立てている。

なんで。

なにがどうして、穂高君とキスしちゃったんだっけ⁉

私は、床に額を預けたまま、意味もなくぐしゃぐしゃと髪をかき回した。

穂高君が、酔い潰れた私を送ってくれたことは、ちゃんと覚えている。

でも、その間なにを話したとか、どんなやり取りがあったとか、そのディテールは思い出せない。

なんだっけ。なんだっけ、と脳を絞り出す勢いで、私は必死に昨夜の記憶を辿《たど》った。

そして――。

『俺は、お前との間に、中途半端は必要ない。今が不満なら、男と女。……そうなるけど、いい？』

「……‼」

彼の言葉が、やけにリアルに脳裏に浮かんだのは、記憶ではなく鼓膜に刻み込まれていたからかもしれない。

穂高君を、つれない！　素っ気ない！　もっと仲良くやりたい！」……と罵って不満をぶつけた私に、彼はそう言っていきなりキスを仕掛けてきて……。

「ど、どういう意味よ⁉」

鏡を覗かなくてもわかる。

私の顔、今は紅玉リンゴも真っ青なほど、真っ赤に染まってるはずだ。

ありえないくらい頬が熱い。

手を触れたら、ジュッと音を立てて火傷《やけど》しそうだと思うくらい。

穂高君の言葉を噛み砕いて解釈すれば、〝中途半端に仲良くはしない。男女の関係、すなわち、恋人同士〟、そうとしか受け取れない。

仲良くやりたいなら恋人になれって、そういう意味？

嫌われてると思ってたのに。穂高君、私のこと好きなんだろうか……？

「いやいやいや……‼」

思考がかなり自惚《うぬぼ》れた方向に傾き、私は慌てて自分で否定した。

ないないない！　なに、調子に乗ってるの、私‼

首がぽろっと取れそうになるほど、激しくブンブンと横に振る。

あれは、酔っ払って面倒くさく絡んでしまった私に呆れて、黙らせようとしただけ。

でも、だからって、なんでキス……。

どうしても、穂高君が突然私にキスした理由を、探ろうとしてしまう。

おかげで、胸の鼓動がいつまでもおさまらない。

もう考えないようにするのが一番！と自分に言い聞かせた。

恋人でもない男の人とキスなんて、初めてだけど……。私もいい大人なんだし、あれは酔った勢いの事故と考えれば、なんとか割り切れる。

穂高君と次に顔を合わせるのは、来週水曜のブランド定例会議だ。それまで時間はあるし、冷静に、いつも通りに振る舞えば大丈夫！

「酔ってて、覚えてないことにしよう。穂高君だって、あえて自分から触れたりしないはず……」

私たちがお互い話題にしなければ、そのままなかったことにできるだろう。

私は胸の前でギュッと拳を握りしめた。

覚えてないフリ

そうして迎えた水曜日。

私はあえて会議の開始間際になってから、中会議室に向かった。

エレベーターを二十五階で降り、大小様々の会議室が並ぶ廊下に折れる。

一番奥まったところにある中会議室のドアは、まだ会議が始まっていないからか、大きく開け放たれていた。

近付くにつれて、私の歩みはさらにのろのろとしたものになる。

会議室に入る前に、私は一度足を止めた。そっと顔を覗かせ、中を窺う。

ここからじゃ、部屋全体は視界に入らない。

穂高君がもう来ているかどうか、確認できない。

……いや、なにを探ってるんだろう。

私は一度ドア口から離れ、廊下の壁に背を預けた。

わざと時間ギリギリに来たのだから、彼は中にいるに決まってる。

私が入れば、会議はじきに始まる。終わった後も急いでオフィスに戻れば、きっと会話をすることもなく、次に顔を合わせるのはまた一週間後だ。

そうよ、いつもそうだったもの。大丈夫……。

自分にそう言い聞かせて、私は深呼吸をした。

気合いを入れて、壁から背を起こした時――。

「なにやってんだ。早く入れよ」

「ひゃっ！」

まるで無防備だった私は、飛び上がりそうになって、大きく肩を震わせてしまった。

勢いよく顔を上げると、むしろ私の反応に驚いた様子の穂高君が立っていた。

「っ！　ほ、穂高君」

「今日は遅いな。覗き込むとか不審なことしてないで、さっさと入れば？」

私の方は心臓をバクバクいわせてるのに、穂高君は相変わらずクールだ。抑揚のない口調で素っ気なく言って、眉根を寄せて私を見下ろす。

「あ、うん。……えっと、穂高君も今日は遅いね」

変な汗が背中を伝うのを感じながらそう返し、彼が白衣姿なのに意識が向いた。

私の視線に気付いたのか、穂高君も「ああ」と自分の白衣を見下ろす。

「実験途中だから。ギリギリまでやってて、脱いでくるの忘れた」

わざわざギリギリに来た私の作戦は、完全に裏目に出たようだ。

会話を交わす時間ができるのを避けたつもりが、真っ先に顔を合わせることになってしまうなんて。

「はは、そっか」

私は、彼の目線が再び上がるのを見て、目が合う前にサッと逸らした。

「じゃ、じゃあ、中入ろうか」

ぎこちない笑顔でごまかし、会話をどうにか切り上げようとする。

その時、バタバタと足音が近付いてきた。

どうやら、私たちの他にもうひとり遅刻者がいたようで……。

「わー、遅くなりましたー！」

私も穂高君も、ほとんど条件反射でそちらに顔を向ける。

販売部の新井さんだ。

会議室の外で向かい合っている私たちの前まで来て、彼女は足を止めた。

そして、なにやらニヤッと笑う。

「どうしたんですか？　おふたり揃って、こんなとこで」

冷やかし混じりの視線に、私は慌てて手と首を横に振った。

「どうした……って。別に、たまたま鉢合わせただけだけど？」

自分でも、声が裏返るのがわかった。

おかげで、かえって彼女の好奇心をくすぐってしまったようだ。

「え～？　なんかワケありっぽい」

新井さんが私と穂高君を交互に見遣り、探りかけてくる。

怯む私の隣で、彼は小さな息を吐いた。

「なんだよ、ワケありって」

「だってほら、金曜日。穂高さん、美紅さんのこと送っていったじゃないですか～？」

意地悪に目を細める彼女の言葉に、私の笑顔が一瞬凍りついた。

絶対に避けたかった話題を本人の前で持ち出され、動揺して心臓がドキンと跳ね上がる。

「……みんなして俺に押しつけたから。それだけじゃないか」

「え～？　でも。あの後、今まで以上に、親交を深めることができたんじゃ……」

ニヤニヤと探りを入れてくる新井さんに、穂高君が返事に窮して口を噤むのを見て。

「な、なんだ。穂高君が送ってくれたのかー」

私は、ちょっと上擦った声を挟んだ。

ふたりから同時に、「え？」と視線を向けられる。

「私、結構酔っ払っちゃってて。実は、祝賀会も、途中から記憶がないんだよね」

「えっ!? 覚えてないんですか？」

新井さんが、目を丸くして素っ頓狂な声をあげた。

「そりゃ、珍しく弾けてましたけど。最後まで、受け答えもしっかりしてたから、そんなに酔ってたとは思わず」

それには、こめかみをポリッと指でかき、はは、と苦笑してみせる。

「私、あんまり顔に出ないらしくて。普通にみんなと別れた後、どうやって帰ったか覚えてないとか、わりとしょっちゅうで」

新井さんに説明しながら、私は横に立っている穂高君にちらりと横目を向けた。

私の話を聞いて、彼が今どう思っているのか。

相変わらず表情の変化は乏《とぼ》しく、私にはやっぱり読めない。

「え、っと。穂高君。なんか、迷惑かけたみたいで、ごめんね！」

私は思い切って彼に向き合い、ひと際明るく声を張った。

「それから、ありがとうございました」

「え……？」

穂高君は口元に手を当て、やや戸惑い気味に聞き返してくる。

「私、土曜日の朝、いつも通りちゃんと家のベッドで寝てた。それに、タクシーの領収書があったから。私がタクシーに乗るまで、穂高君が見届けてくれたんでしょ？」

彼の視線を感じながら、私は一気にまくし立てた。

穂高君が、口を開こうとするのを見て、

「助かりました！　ほんとに、ありがとう。以後、羽目を外さないように気をつけます！」

勢いよく、頭を下げた。

穂高君の反応を待たずに背筋を伸ばし、顔を背けてその視線から逃げる。

「さ、雑談終わり！　ふたりとも、早く入ろう。会議、始まっちゃう」

私は、穂高君の顔が見られない。

新井さんに笑いかけながら、彼の腕をポンと叩き、ふたりに入室を促した。

ややポカンとしていた新井さんも、我に返った様子で、「あ」と会議室のドアに目を向ける。

「いけない！　ただでさえ遅くなったんだった！」

やっとそれを思い出し、ちょっと慌てて中に駆け込んでいく。

私もクスクス笑いながら、彼女を追ってドアに向かった。

そこに、

「冴島」

穂高君が、呼びかけてくる。

なんだかいつもよりもトーンを落とした低い声が、探っているように聞こえる。

私は、ゴクッと唾を飲んだ。

鼓動が加速するのを阻止しようと胸に手を当ててから、そっと振り返った。

「ほら、穂高君も、早く！」

いつもと同じ笑顔で声をかけたつもり、だったけど。

自分でもわかる。頬のあたりの筋肉がヒクヒクと引きつってしまったから、多分相当ぎこちなかったはずだ。

穂高君の方は、ほんの少し唇を動かしただけで、ほとんど表情を変えない。

でも私は、微かに動いた彼の唇に目を奪われ、一瞬釘付けになってしまい……。

ドクン、と心臓が沸き立つのを自覚して、急いでしっかりと背を向けた。

小走りで会議室に入る私を、今度は彼も呼び止めようとしなかった。

定例会議が終われば、〝また来週〟になるはずだったのに。

翌、木曜日。

お昼休憩から戻ると、穂高君からメールが入っていた。

【Ayumu Hodaka】という差出人名を見た途端、件名に目が行くより先にドキッと鼓動が跳ねて、私は一瞬開封するのを躊躇《ちゅうちょ》してしまった。

でも、【来夏に向けた春夏モデルの改良について】という丁寧な件名を確認するまでもなく、彼から仕事以外の用件でメールが来たことはない。

マウスをクリックしてメールを開くと、用件が短く簡潔に書かれていた。

【冴島に頼まれた、現行の口紅の色味調整の件。試して意見欲しいから、時間がある時にラボに来て】

私がそれを穂高君にお願いしたのは、先週の祝賀会の時だ。

あの日、私はお店に行く前にAQUA SILKの販売コーナーをはしごして、販売員からお客様の生の意見をインタビューした。その結果、現行製品に改良を加えてみたいと考え、祝賀会で隣になったのをチャンスとばかりに、穂高君に相談したのだ。

あれからまだ一週間なのに。さすがに仕事が早いな。

彼の対応が迅速なのはいつものことだけど、私は「ほおっ……」と息を漏らして感嘆してしまう。

隣のデスクの篠崎君がそれを拾って、「どうかしたんですか?」と背を仰け反らせて訊ねてきた。

私は、自分のスケジュールを確認しながら、「ううん」と軽い調子で返した。

「うちの研究主任は、仕事が早くて頼りになる」

クスクス笑いながらちょっと弾んだ声で答えると、篠崎君も目を細めた。

「美紅さんも、相棒を絶賛ですか~?」

からかうような口調。

彼はきっと、またあの社内報の盛りすぎな記事のことを言いたいんだろう。

「……優秀な研究員だもの。いいでしょ、絶賛したって」

「ですよね~。なんせ、美紅さんの相棒だってわかってても、なんとか穂高さんと組めないかって、うちの部の女子たちが狙ってるくらいですからね~」

「え」

「あれ。なに驚いてるんですか。優秀ってだけじゃなく、イケメンだし。仕事以外での接点も期待して、『私も組みたい!』って思うのが女心ってヤツでしょ」

男の篠崎君に女心を説かれ、私はポカンと口を開けてしまった。

彼は、そんな私の反応を、おもしろそうにニヤニヤして見ている。

「美紅さんに向けられるのは、大半は羨望の眼差しですけど。女としては、妬まれてるって自覚しておいた方がいいですよー。たとえば、うちの部でも古谷《ふるや》さんとか……」

「……誰に妬まれてるかなんて、聞きたくない」

私は彼から目線を外し、横顔を向けてわずかに唇を尖らせた。

素っ気なかったかな、と自分でも決まり悪い思いに駆られたけど、篠崎君もしゃべりすぎたと自覚していたんだろう。きゅっと口を噤んで、ひょいと肩を竦めた。

「すみません。口が滑って余計なこと言いました」

人懐っこくてお調子者の後輩だけど、こういう素直なところが、彼の美徳。

彼は私に謝ってから、再び自分の仕事に戻っていった。

私もそれを視界の端っこで確認して、ほんの少しホッと息を吐いた。

「こっちこそ、ごめんね」

気を取り直して、この後のスケジュールに目を走らせる。

残念ながら、今日は動かせない予定が詰まっている。業務中に行くのは無理だな。

でも、穂高君は、私が飲み会の席で話題にしたことに、すぐに対応してくれたのだ。

私もその結果を早く確認したい。

本当は、ふたりで会うのに、まだちょっと緊張もあるけれど……。

【業後になるけど、いいですか？　何時までいる？】

意を決して返信すると、五分ほどして返事が来た。

【今夜は、ラボに泊まり予定。そっちの都合いい時に、いつでもどうぞ】

最初のメール以上に短く素っ気ないのに、〝いつでもどうぞ〟が彼らしくない。

私は、ついつい目を細めて、ふふっと笑い声を漏らしてしまった。

祝賀会の後の出来事については、昨日もうまくごまかせたし、彼の方から話題にしたりはしないだろう。

私は【了解です】と返し、その後はなるべく早くラボを訪ねられるよう、急いで仕事を片付けた。

午後七時を回った頃、オフィスを出た。

この時間、ラボの事務員たちはもう終業時刻をとっくに迎えて、退社している。

事務所は電気こそ点いているけど、無人でしんと静まり返っていた。

ラボの受付から、研究室の穂高君に連絡してもらったから、ここで待っていれば直に来てくれるだろう。

私は、いつも糸山さんが勧めてくれるソファに向かい、浅く腰を下ろした。

帰り支度はしてきているから、バッグは腰の横に置く。

無意識に事務所内を見渡し、どこかノスタルジックな感覚に浸っていると、廊下から足音が近付いてきた。

「あ」

私は、それが穂高君だと信じて疑わず、スッと立ち上がった。

小走りでドアまで迎えに出て……。

「ま、間中さん！」

「あれ、冴島さん。お疲れ様。こんな時間に、どうしたの？」

研究上がりの様子の、白衣姿の間中さんと、ドア口で正面から向き合ってしまった。

私と間中さんは仕事の関わりもなく、訪ねる口実にできる用件もないから、いつも研究室に詰めている彼と顔を合わせることは、ほとんどない。

間中さんに会えるのは、ごくたまに社食で偶然だったり、商品企画部と研究開発部の交流会という名の合同飲み会の席くらい。それも、そう頻度は多くない。

なのに、ここ二回続けて偶然が重なり、私の胸はドキッと弾んだ。

そのまま、ウキウキしてしまいそうになる。

それが顔に出るのを避けるために、胸をぎゅうっと押さえて、取ってつけたような笑顔を向けた。

「穂高君から、製品の調整したから、意見が欲しいって連絡をもらって」

間中さんは顎を撫でながら目線を宙に上げ、「ああ」と相槌を打った。

「新製品の実験の合間に、根詰めてやってたアレか」

「え?」

思わず聞き返した私に、彼は肩を竦めてクスッと笑う。

「今週ずっと、毎日午前帰りで取り組んでたよ。早いね。もう結果出たのか。さすが歩武」

「こ、今週ずっと、午前帰りですか⁉」

私は驚きに目を瞠《みは》り、ひっくり返った声で聞き返してしまった。

私の反応がおかしかったのか、間中さんはクスクスと笑う。

「そうだよ。歩武は、AQUA SILKの研究なら、寝食忘れて無茶するから」

「そんな。知ってたら、飲み会の席なんかで、軽くお願いしなかったのに」

「そうなの? でも、どっちにしても、AQUA SILK絡みなら、歩武の仕事だしね」

午前帰りが続こうが泊まりになろうが、研究員にとっては大したことじゃない、と言いたげな間中さんに、私はキュッと唇を結んだ。

「……そんな無茶するって知ってたら、ちゃんと調整依頼の形で出したのに」

お酒の席で安易に頼んでしまったことを悔やんで、ポツリと呟く。

「企画部長印が押された正式な依頼だったら、穂高君も実験スケジュールを組んで、対応できたんですよね？」

上目遣いで間中さんに確認すると、彼はポリッと頭をかいて「ああ」と頷いた。

「まあ、そうだね。ラボのスケジュールとして組まれれば、他の研究員や補助員に任せることもできる」

「そうですよね……。はあ」

私は自己嫌悪に陥りながら、溜め息をついた。

「だったら、せめて、夜食の差し入れ、買ってから来ればよかった……」

しゅんと肩を落とす私に、間中さんはきょとんと目を丸くしてから、ブブッと豪快に吹き出した。

「え？」

「ああ、いや……。冴島さん、この間もジェラートの差し入れ持ってきてくれたし。そう毎回気にしなくていいんだよ」

彼は片目を瞑《つぶ》って、口元に手を当てながら肩を揺らしてクックッと笑う。

「まあ、歩武の胃袋ゲットのつもりだったら、今度、腕を振るった手作り弁当でも差し入れてやったら？」

「お弁当……穂高君って、なにが好きなのかな……って、胃袋？　えっ⁉」

私、あまりお料理しないけど……と考えながら返したものの、〝胃袋ゲット〟という言葉に引っかかった。

間中さんに、妙な勘違いをされているのに気付き、ギョッとして目を剥《む》く。

「あの、間中さん！　誤解しないでください。私、仕事以外では穂高君とどうとかないですから！」

慌てて誤解を正そうとして、勢いよく首を横に振ると、彼はきょとんとした顔で瞬《まばた》きを返してきた。

「え、なんで？　歩武と冴島さん、お似合いだし。悪くないと思うんだけどな」

「お似合いって……」

顎を撫でながら真顔でしげしげと言われて、私の胸はズキッと痛んだ。

穂高君との仲を疑われている上、『悪くない』なんて言葉までかけられるなんて。

私、本当に、間中さんにとって、ただの後輩の域を越えてないんだなあ……。

「歩武ね、わりと味覚お子様だから、そんな手の込んだものじゃなくても喜ぶよ？　ハンバーグとか唐揚げとか、甘めの卵焼きとか……」

地味に傷つく私に気付かず、間中さんは私に、穂高君の好きな食べ物の情報を教えてくれている。

と、その時。

「冴島に俺を餌《え》付《づ》けさせようとするの、やめてくださいよ。間中さん」

間中さんの後ろから、ちょっと呆れたような声が聞こえた。

彼が「え？」と振り返った先に、白衣姿の穂高君が腕組みをして立っているのが見える。

「ほっ、穂高く……！」

今の会話を聞かれていたことに変な動揺をして、私の声は上擦ってしまった。

彼は、私の挙動は特に意に介さず、間中さんにちらりと目を向ける。

「それに、この時期、手作り弁当って真剣に遠慮したいかも」

「あ～流行りだね、食中毒」

ふたりはさらっと会話を続けるけど、その流れでは、私の手作り弁当が有害認定されたみたいだ。

私は、むうっと唇を尖らせた。

気配を察したのか、間中さんが「あ」と開いた口を手で隠す。

「え〜と……冴島さんの手作りが危険ってわけじゃなくてね」

よくわからないフォローをしてくれるけど、私は意味もなく胸を反らして腰に両手を当てた。

「冬になったら、絶対差し入れます。手作り弁当！　おふたりに！」

「……余計な見栄、張らなくていいのに」

穂高君が、完全に呆れ果てた顔をしてボソッと口を挟む。

間に立つ格好の間中さんは、おもしろそうに笑い出した。

「じゃあ、俺は楽しみにしておこうかな。……って、まあそれは置いといて。歩武、お前が呼び出したんだろ？　冴島さん」

「あ、はい」

話題を変える間中さんに、穂高君も短く頷いた。

「仕事帰りに悪いけど、冴島、こっち」

白衣のポケットに両手を突っ込んで、私を目線で促す。

「う、うん」

彼にはそう答え、私は間中さんにペコッと頭を下げた。

「冴島さん。今度俺の試作品も、試してくれない？　意見欲しいな」

別れ際にそう声をかけてもらい、私は「はい、ぜひ！」と笑顔を返した。

だけど……。

穂高君の後に続いて事務所から出た途端、「はあ」と無意識に深い溜め息をついた。

穂高君に『自信なくて言えないんだ？』『面倒くせえ』と揶揄されたことを思い出して、なんとか奮い立とうとするけれど。

「さらに、自信喪失……」

しゅんと肩を落とし、思わず漏らした心の声を、先を行く穂高君に聞き留められてしまった。

「なに？」

「な、なんでもない」

ポケットに手を突っ込んだまま肩越しに振り向かれ、私は慌てて首を横に振ってごまかした。

穂高君がメインで使っている研究室は、一階の一番奥まった場所にある。

ここに来るまでに通り過ぎた他の研究室も、この時間でもまだ煌々《こうこう》と電気が点いていて、たくさんの研究員が実験に明け暮れている。

「どうぞ」

穂高君がスライド式のドアを開けて、私を中に通してくれた。

「ありがとう、お邪魔します」

彼の前を過ぎて、研究室に足を踏み出す。

途端に、よくわからない薬品の匂いが鼻をくすぐった。

研究室特有の空気。特に不快感はない。

機械に囲まれた迷路みたいな通路を抜けると、私の視界いっぱいに、高校の化学室のような光景が広がった。

薬品が保管されているアルミの棚や、研究補助員のデスクが、端に並んでいる。

実験機器は、最先端で最高峰のものが揃っている。なにに使うか想像もつかない大きな機械もあって、広い研究室が手狭に感じるほどだ。

部屋の真ん中にあるのは、実験用の黒いテーブル。穂高君の研究室には今までも何度も足を運んだことがあるけど、彼はいつも、このテーブルに私を誘う。

そこには、英字や数字がびっしり書き込まれた資料の束と、シャーレが五つ置かれていた。

シャーレには、ちょっと粘質な絵の具状の紅が、ごく少量入っている。少しずつ色味が異なるピンクベージュで、グラデーションを創り上げるように並んでいる。

それはもちろん、私が頼んだ口紅の調整結果だ。

「冴島、そこ、座って」

穂高君が、丸椅子を勧めてくれる。

私が頷いて腰かけた時、奥のドアが開いた。

ドアの向こうには、ちょっと狭い事務所のような附室があり、穂高君のデスクと備品棚がある。そこから、眼鏡をかけた男性がひょいと顔を出した。

「あ、穂高さん。お帰りなさい」

どうやら、研究補助員のようだ。

穂高君が「ただいま」と返すのを聞きながら、私にちらりと視線を向けてくる。

「これから、なにか実験ですか？」

彼は、ちょうど帰ろうとしていたところ、といった様子だ。白衣は着ていないし、肩からリュックをかけている。

「試してもらうだけだから。気にしないで、もう帰っていいよ」

穂高君が特に表情を変えずに答えると、補助員の男性はホッとした笑みを浮かべた。

「そうですか？　じゃ、お先に失礼します」

「うん。お疲れ」

「あ。依頼受けてた実験結果、デスクに置きました。穂高さんのＯＫが出たら、依頼者に報告しますんで」

「わかった。サンキュ」

穂高君の口数が少ないせいか、ふたりの会話はやけにテンポよく感じる。

ふたりを交互に見遣って話を聞いていた私に、補助員の男性は軽く会釈をして、研究室から出ていった。

「新しい補助員さん？」

その背中をなんとなく見送りながら訊ねると、「そう」と短い返事が戻ってきた。

「この春、バイオ化学部門から異動してきた。腕はいいし気が利くし、助かってる」

穂高君は、ミラーやリップブラシを用意しつつ答えてくれた。

「穂高君がそこまで褒めるってことは、よっぽどなんだ」

意味もなく腕組みをして、感心しながら呟く。

彼は、私にちらりと目を向けるだけ。特に反応は見せず、私の隣に丸椅子を引いてきて腰を下ろした。

「冴島。早速、始めよう」

「うん」

穂高君に促され、リップブラシを摘《つ》まみ上げた。

テーブルに五つ並んだシャーレに目を凝らす。

「真ん中が、現行販売中のもの。右のふたつが赤味を強めたもので、左ふたつが青味を加えたもの」

穂高君はそう言いながら私に身体を向けて、テーブルに肘をのせて頬杖をついた。

「見た目は、そう大差ないね」

私の率直な感想に、「ああ」と相槌を打つ。

「でも、春夏モデルだから、ちょっと油分を減らしてある。タール色素もギリギリに抑えてるから、唇に塗った時の感触と発色はだいぶ変わるはず。試してみて」

「うん」

専門家の彼から説明を受け、私はワクワクしながら一番左の紅をブラシに取った。

穂高君が、百貨店などの販売コーナーにあるのと同型の四角いミラーを、私の前に移動させてくれる。

私はミラーを覗き込み、丁寧に紅を唇にのせた。

穂高君は、真剣な瞳を、私の横顔に向けてくる。

唇を見られているのがわかるから、ちょっと居心地が悪くてくすぐったい。

でも、これは仕事。

私は気を引きしめて、緊張を抑えながら、彼の方を向いた。

「ど、どう?」

穂高君がわずかに目を伏せ、その視線をまっすぐ私の唇に注ぐ。

瞬きもせず、じーっと観察した後。

「冴島には、あまり合わないな」

表情も変えずに、そんな感想を口にした。

「私に、じゃなくて」

一瞬鼓動が跳ね上がってしまったけれど、今大事なのは私に合うかどうかではない。

もちろん穂高君もわかっているから、

「お前、色白でもともと唇の発色もいいから。これだと逆に色味を抑えてもったいない感じになるけど、平均的なオークル肌の女性なら、合わないことはない」

自分でそう分析しながら、ページを開いたレポート用紙に、さらさらとペンで書き込んでいく。

彼を横目でチラッと観察した。穂高君があんな言い方するから、なんだかドキドキしてしまう。

そんな自分をごまかしながら、今塗ったばかりの口紅とリップブラシを、メイク落としを含ませたティッシュで拭い、左から二番目の紅を取った。

無言の沈黙が落ち着かなくて、「あのさ」とわずかに上擦った声で切り出す。

「ごめんね。飲み会の席で、こんなお願いしちゃって」

「え？」

穂高君が、レポート用紙から顔を上げたのが、視界の端に映る。

「さっき、間中さんから聞いた。穂高君、今週ずっと、午前帰りでこの実験進めてくれてたって」

彼ではなくミラーに視線を向けたまま、次の紅を塗る。

「いつも通り、ちゃんと依頼すれば、穂高君にそんな無茶させずに済ん……」

「覚えてないんじゃ、なかったか？」

「え？」

低い声で遮られ、私はリップブラシを動かす手を止めた。

ゆっくり穂高君に顔を向けると、彼はテーブルに頬杖をついたまま、私を斜めの角度から見つめている。

「メールも、【なんのこと?】って返ってくると思ってたのに。随分あっさり了承するから、おかしいなって」

「え、っと?」

「お前、祝賀会のこと、途中から覚えてないって、そう言った」

「……!」

冷静に指摘されて、私はハッと息をのんだ。

「この実験頼まれたの、一次会が終わる間際だったけど」

正面からまっすぐ見据えられて、私の胸がドクッと沸き立った。

そんな反応も、穂高君は見逃さない。

「っ、あの。そこまでは、ちゃんと覚えてて……」

「俺が送って、一緒に帰ったこと。覚えてないフリ、したかったのか?」

いつもよりもトーンを落とした静かな声で、私を容赦なく探ってくる。

あの翌朝とよく似た、激しい喉の渇きを感じる。

「そっ」

答えようとした第一声が、カラカラの喉に引っかかってしまった。

「その後のことは、本当に覚えてな……」

「嘘だ。冴島は、なかったことにしたくて、覚えてないフリをした」

淡々とした口調で断言されて、私は口ごもった。

穂高君が、私を上目遣いで窺ってくる。

「……覚えてるんだろ？　俺と、キスしたこと」

今度こそ決定打で追い込まれ、ギクッと顔が強張るのを隠しきれなかった。

「冴島」

短く呼びかける穂高君の目が、私に『白状しろ』と命令している。

私は、無意識にごくんと唾を飲んだ。

彼の鋭い瞳に射竦められてしまうと、もう言い逃れる術はない。

「だ、って」

私は諦めて、つっかかりながら声を出した。

「穂高君だって、酔ってたでしょ？」

それには、穂高君が訝《いぶか》しそうに眉根を寄せる。

「俺は、ちゃんと覚えてるし、ごまかすつもりもない」

「酔った私が鬱陶しくて、面倒くさかっただけでしょ？」

「え？」

穂高君が、さらに目力を強めて、聞き返してくる。

彼の視線が居心地悪くて、私は逃げるように目を逸らした。

「じゃなきゃ、私にあんなこと言う意味がわからない。あんな……」

「その色も、似合わないな」

穂高君が凛《りん》とした声で遮って、いきなり私の顎をグッと掴んだ。強引に彼の方に顔を向けられ、真正面で固定される。

瞳の奥まで射貫かれそうな至近距離に、私はひゅっと音を立てて息をのんだ。

「俺が、取ってやる」

穂高君は表情ひとつ変えずにそう言って、私の方に身を乗り出してきた。

私は、彼の薄い唇が言葉の形に動くのを目で追っていたけど、瞬時にその意図を理解できず――。

「うっ、ん、んっ……！」

聞き返すこともできないまま、噛みつくようにして唇を塞《ふさ》がれた。

穂高君は、私がたった今塗ったばかりの口紅を落とそうとしているのか、小さく出した舌先で私の唇を舐める。

彼の舌の動きが、唇からやけにリアルに伝わってきて、私の背筋を、戦慄《せんりつ》に近いゾクゾクとした痺《しび》れが駆け抜ける。

「んっ、やっ」

反射的に声を出したせいで、わずかに唇が開いた。穂高君はそれを見逃さず、尖らせた舌先で強引に割ってくる。

「っ、んっ……！」

逃げ場を失い、喉の奥で縮こまった私の舌を、穂高君はやすやすと追い詰め、からめとった。

信じられないほど巧みな動きに翻弄《ほんろう》されて、私はもうされるがまま。

「ふ、あ、んっ……」

唇を閉じることができず、お互いの舌が絡み合って溢れる唾液を飲み込めない。

口角からこぼれ、喉へと伝う感覚にも、私は身を震わせてしまう。

そんな濃厚なキスを、どれくらいの間交わしていたのか。

穂高君がハッと浅い息を吐いて唇を離した時、私は完全に脱力していた。

丸椅子に座ったまま、ぐったりと前に倒れ込む私を、彼は胸で受け止め、ぎゅうっと抱きしめてくる。

「っ……な、んで」

なにをされたのか、今、どういう状況なのかは、もちろんちゃんとわかっている。

だけど、突然すぎる強引な行為の説明を求めて、私は無意識にそう呟いていた。

穂高君がゴクッと唾を飲んだ音が、私のすぐ耳元で聞こえた。

「まだ、理由を聞く？」

短く、問い返される。

「なかったことにしようなんて、姑息《こそく》なことするからだよ。……俺は、好きでもない女に、キスなんかしない」

絞り出すように告げられた言葉に、私の胸がドクッと跳ねて反応した。

「お前が好きだから。キスした理由、それ以外になにがあるっていうんだ」

私は呆然《ぼうぜん》としながらも、『お前が好きだから』という言葉に、ビクンと身を竦めてしまう。

「な、んで。嘘……」

信じられない、という気持ちが先に立ち、反射的に呟いた私に、

「なんで嘘だよ」

穂高君が、吐き出すように言った。

「冴島、俺は……」

「っ……嫌、離してっ」

私の耳元でなにか囁《ささや》きかけた穂高君を、私は身体を強張らせて遮った。

一瞬、怯んだように、彼の腕の力が緩む。

私はその隙を突いて、両手で彼をドンと突き飛ばした。

「うわっ」

背もたれのない丸椅子の上で、穂高君がバランスを崩すのを見て、勢いよく立ち上がる。

「わ、私っ……」

穂高君が、喉を仰け反らせて私を見上げている。

彼の視線に晒《さら》されて、私の心臓がドクンと大きく跳ね上がった。

どうして。どうして。どうして……⁉

今になって、焦りと混乱が胸に広がり始める。

穂高君が、私を好きだなんて。

本当に？　いったい、いつから？

だって彼は、私にはいつもつれなくて素っ気なくて……。

ずっと、嫌われてると思ってた。

だけど、はっきりと気持ちを告げられ、行動で示されてしまったら、今の告白に〝覚えてないフリ〟〝信じられない〟は通用しない。

「ご、ごめんなさいっ！　私っ……」

謝罪は無意識に口をついて出たものの、それ以上なにを言っていいのか、自分でもよくわからず。

「っ……」

結局、言葉をのみ込んで彼に背を向け、一目散にドアに走った。

「冴島っ……！」

穂高君が私を呼ぶ声にも、振り返ることができない。

私は、逃げるように、研究室から飛び出した。

頭の中は、穂高君でいっぱいだった。

夜中ずっと、穂高君で埋め尽くされていた。

彼の顔が、目蓋の裏に焼きついて、離れてくれない。

仕事の夢以外で、彼が出てきたことが、今まであっただろうか。

チームを組んで、三年経つ。名コンビなんて言われても、私たちの間に仕事以外の会話はなく、お互いプライベートに踏み込んだこともなかった。

なのに、夢の中の穂高君は、目の前にいるかと思うほど、鮮明だった。

私を見つめる黒い瞳も、『冴島』と呼ぶ低い声も。

あまりにリアルで、それが私の潜在意識だったのか、本当に夢だったのか、曖昧なほどだ。

おかげで、全然眠った気がしないまま、翌朝、いつもより二時間も早く目覚めてしまった。

カーテンの向こうでは、すでに夜が明けている。外の明るさに同化して、部屋全体がボーッと白んでいる。

私はベッドの上で、もぞっと上体を起こした。抱え込んだ膝に顎をのせて、ぼんやりした思考回路を働かせる。

穂高君が私のこと好きだったなんて、ひと晩明けた後でも、やっぱり信じられないけど……。

私は確かに、本人の口からそれを聞いた。

あんな、普通なら恋人同士じゃなきゃしないような、濃厚なキスをされたのだ。

穂高君が、誰にでもそんなことをする人だとは思わない。それなら、彼が私のことを好きだと言った事実を受け入れなければ。

「はあ……」

顔を伏せたまま、無意識に深い息を吐いた。

溜め息ついてる場合じゃない。

彼の気持ちを信じて受け止めて、ちゃんと返事をしなきゃ。

私は意を決して、グッと顔を上げた。

たとえ不可能でも

いつもよりかなり早い時間の通勤路は、人通りも少ない。

犬の散歩をする人を、ところどころで見かける。

普段の私の日常にはない、のんびりした和やかな朝だ。

曇り空の隙間から顔を覗かせる太陽も、日中に比べると、その威力はまだまだ弱く、ノースリーブのシャツから剥き出しの肩に纏う空気も、柔らかく感じる。

電車もほどよく空いていて、ラッシュ時のような遅延もない。

おかげで、マンションを出てから三十分かからず、オフィスの最寄駅に到着することができた。

だけど私は、オフィスがある本社ビルには行かず、まっすぐ別棟のラボに向かった。

ラボの受付には、二十四時間警備員が常駐している。

私は、ちょっと眠そうな顔の警備員に声をかけ、穂高君への取り次ぎをお願いした。

研究室に電話をかけた警備員が、「おはようございます、受付です」と名乗り、用件を話し始める。

「承知いたしました」と電話を切るまでに、少し間があったから、穂高君が私の来訪に戸惑っているのが感じられた。

「事務所で待っていてください、とのことです」

警備員が、穂高君の指示を伝言してくれる。私は彼にお礼を言って、建物に入った。

早朝の事務所は、電気も落ちていて無人だった。

私は、昨夜と同じようにソファに腰かけた。ちょっと緊張しながら、穂高君が来るのを待つ。

五分ほどして、廊下を走る足音が近付いてきた。

膝の上で握りしめた手を見つめるうちに、いつの間にか伏せていた顔を上げる。

と同時に、軽く息を弾ませた白衣姿の穂高君が、ドア口に姿を現した。

迷うことなく、まっすぐこちらに目線を向けてくる彼に、条件反射でドキッとする。

「お、おはよう、穂高君」

私はスッと腰を浮かせ、やや上擦った声で挨拶した。

穂高君も、「ああ」と短く返すだけ。大きな歩幅でこちらに歩いてくる彼の表情は、わかりやすくぎこちない。

私が思っている以上に、突然の私の訪問に困惑している様子だ。

「ごめんね。研究中に、朝っぱらから……」

恐縮しながらしっかりと立ち上がった私の前まで来て、穂高君は両足を揃えてピタリと止まった。

「それは、いいけど……」

頭上から降ってきたその言葉にホッとして、私はそっと目線を上げる。

穂高君は、大きな手で口元を隠し、私から目を逸らしていた。

「あんなことした俺に、なんの用?」

口に当てた手に邪魔され、くぐもった声でボソッと告げる。

やや不明瞭だけど、私はちゃんと聞き拾った。心臓が、ドキッと跳ね上がる。

「昨夜の今朝で、冴島の用件の方が気になる」

「……うん」

緊張感が増してきて、私が返した短い相槌の声も固くなった。

私の声色に気付いたのか、穂高君が私に視線を戻す。

「あの、これ。差し入れ」

私たちの間に漂う硬い空気を和らげようと、白いビニール袋を持ち上げて見せた。

ガサッと音を立てるそれに、彼の目が流れる。

「ついさっき、コンビニで買ってきたばかりだから、食中毒の心配はないよ！」

私は昨夜の会話を思い出し、なにか言おうとする穂高君を先回りした。

「それから、餌付けでもないから」

彼は私を横目で見遣り、「え？」と聞き返してくる。

「朝ご飯。穂高君、まだでしょ？」

私が今できる一番明るい笑顔で、そう言った。

「私も、まだなの。一緒に食べよう？」

穂高君は一瞬虚を衝《つ》かれたように、瞬きをしたけど。

「……呑気だな」

わずかに眉尻を下げて、やっと表情を和らげた。

『ここじゃ、他の研究員の目につくから』と、穂高君は私を自分の研究室に連れていってくれた。

昨夜の黒い実験テーブルではなく、奥の附室に私を誘う。

ここはドアの外から覗いたことがある程度で、中に入れてもらうのは初めてだ。

穂高君のデスクには、スクリーンセーバーがかかったノートパソコンが二台置いてあり、書類がちょっと乱雑に広がっている。

ひと晩泊まりで、私が訪ねるまで根を詰めて研究していたのが、よくわかる。

心の赴くまま、朝っぱらから押しかけたりして、邪魔をしてしまった。

「……ごめんね、穂高君」

戸口に立ち、申し訳ない思いで肩を縮ませると、穂高君がちらりと私を振り返った。

「いいから、入って。冴島」

「でも」

「上の休憩室、いつ行っても人がいるし。事務所にもそのうち人が来る。ほら。この奥、行くよ」

「奥？」

彼がわずかに悪戯っぽく目を細め、「そう」と頷いた。

ちょっとレアな表情にドキッとする私をよそに、さっさと進んでいってしまう。

「あ、待って」

私も慌てて穂高君の背を追った。

戸口からでは、背の高いキャビネが視界の妨げになっていて、その奥までは見渡せない。中に入って初めて、そこに曇りガラスのドアがあるのを知った。

彼はドアを開けて、「こっち」と私に手招きする。

「ど、どこ？……あ」

大きく開け放たれたドアの向こうは屋外に続いていて、中庭のような空間が広がっていた。

赤い花が咲いているのが見える。

小走りで彼の前に立つと、庇《ひさし》の下、段差になっているところに、プランターがいくつか並んでいた。

「お花。栽培してるの？」

驚いて隣の穂高君を振り仰ぐと、彼はひょいと肩を動かして応えてくれた。

「色味の参考にもなるから。でも、育てるのは事務員に任せてる。俺じゃ、すぐに枯らしちゃうし」

そう言いながら、彼は私の横を擦り抜けた。先に外に出て、プランターが置かれていないスペースまで歩いていって、腰を下ろす。

白衣のポケットに手を突っ込み、グレーの大きなハンカチを取り出した。それを自分の横に広げて、「座って」と私を促してくる。

「あ、ありがとう」

彼のスマートな気遣いにちょっとドキッとしながら、私もしゃがみ込んだ。

スカートの裾を押さえて、隣に座る。

出勤時は柔らかく感じた日射しが、強くなり始めていた。それを隣の高いビルが遮ってくれて、いい感じの日陰になっている。

オフィス街のど真ん中なのに、ビルの谷間のせいか、体感温度がちょっと低くなったように感じられる。

始業にはまだ早いこの時間、暑さはなく、屋外の空気はむしろ心地よい。

「うわあ、ラボにはこんな場所があったんだね」

この別棟は塀で囲まれていて、通りからは遮断されているから、一階でも人の目を気にする必要はない。

私が少しはしゃいだ声をあげると、彼はふっと目を細めた。

「都会の、オアシス」

「え？」

「ちょっとしたガーデニングもできる、癒しの空間」

私はその声に導かれ、どこか柔らかい横顔を見つめた。

それから、穂高君の目に映る空間を、もう一度大きく見渡す。

日々忙しく仕事をする中、私も穂高君も同じように、心にオアシスを持っている。もしかしたら、私たちって、意外と似てるとこがあるのかもしれない。

そう考えたら、無意識に顔が綻んだ。

「私にも、あるのよ。都会のオアシス」

嬉しくなって言葉を挟むと、穂高君が「へえ?」と語尾を上げてこちらを向いた。

「ひとつはね、本社の会議室から見える、皇居の緑。もうひとつは、ラボの事務所」

促すような視線を感じて、声を弾ませて続けると、彼は「ふむ」と顎を撫でる。

「なるほど、事務所か。古臭いけど、あれはあれで味があるよな。なんっつーんだ?

クラシカルで、なんか懐かしい……」

「ノスタルジック!」

言葉を探して目線を上に向けた穂高君に、私は身を乗り出して答える。

彼も、ポンと手を打った。

「そう、それだ」

やっぱり、感覚が似てるみたい。

「穂高君も、そう思う?」

私はクスクス笑いながら訊ねる。

「うん。さすが、商品企画部のホープ。語彙《ごい》力あるな」

穂高君は私を見下ろしてしげしげと呟いてから、再び癒しの空間に目を遣った。

「そっか。冴島にも、そういう場所があったか」

「穂高君のオアシスも素敵だね。一階ならではの楽しみ方ができる」

私の返事を聞いて、彼は薄い唇にふっと笑みを浮かべた。

「ちょっと、いいだろ。研究に詰まって、脳がタール状になってきたら、ここで息抜きしてる」

「脳がタール状って」

理系人間の穂高君らしい表現に、私はついつい吹き出してしまった。

「ふふっ。じゃ、そうなる前に、朝ご飯食べよう。脳に糖質を補ってもらわなきゃ」

私は彼との間のひとり分の隙間に、コンビニのビニール袋を置いた。

昨夜、間中さんは、穂高君の味覚はわりとお子様だと言っていたけど、彼の好みに自信が持てなかった私は、いくつか買ってきた中から、好きな方を選んでもらおうと思っていた。

まず、コーヒーを両手に取った。それを、顔の両側に掲げてみせる。

「コーヒー。ミルクと砂糖入りか、ブラック。どっち？」

「じゃ、ブラック」

間中さんの情報では、甘党な予感もしたけど、コーヒーだけはブラックで飲みそう、と、勝手なイメージを持っていた。

ここは予想通りだったな、と満足して、無糖の方を彼に渡した。

「コールスローサラダと、ポテトとハムのサラダ」

「ポテトの方、もらっていい？」

そう言って、穂高君が私の手からスッと指で摘まみ上げる。

「最後に、おにぎり。選んでください」

私は、四つのおにぎりが残ったビニール袋を、両手で持って広げた。

「コーヒーにおにぎりって」

彼は、即ツッコミを入れて、苦笑した。

「あれ。変？」

「いや。いいんじゃね？　腹に入れば一緒だし」

ツッコんだわりにはしれっと流し、身を乗り出して私の手元を覗き込んだ。

「これと、これ」

それほど迷うことなく、明太子とおかかを選ぶ。

「……わりと、渋いね」

変わり種ではなく、オーソドックスなのを買ってきたものの、彼のセレクトにほんのちょっと目を丸くする。

穂高君は特に表情を変えずに、ひょいと肩を竦めた。

「残ってるツナマヨと紅鮭って、お前が好きな定番だろ？」

「えっ。なんで知ってるの？」

確かにその通りだけど、穂高君の前で食べたことがあったか。

いや、話題にしたことすらないはず。

だから、当然のように言い当てられて、私は驚いて目を瞠った。

「ああ」

彼は特に気に留めた様子もなく、早速おかかのおにぎりのセロファンを剥《は》がし、器用に海苔を巻き始める。

「前に、何度かコンビニで見かけたことがある」

「え？」

「まだ、二年目か三年目の頃。お前、企画会議の前になると、決まっていつも残業で、夜食におにぎり買ってたろ？」

穂高君はしれっと言うけれど、それって、私が彼と一緒に仕事をするようになる、ずっと前のことだ。

「穂高君。そんな前から、私のこと知ってたの？」

うちの会社は一応大手企業だから、同期は百数十人いて、その全員が知り合いというわけではない。

ラボにも穂高君の他に何人かいるけど、顔と名前が一致する人はいなかった。

だからこそ、私は最初に、同期ではなく間中さんを頼ったわけで。

私のやや裏返った声を聞いて、穂高君は「あ」と口を手で押さえる。

けれどすぐに離して、小さな息を吐いた。

「……コンビニで見かけるたびに、いつも同じもの買ってる女が、商品企画部所属の同期だった、って情報は、後付けだけどね」

「そ、そうだったんだ」

ワンパターンだな、とでも思われてたんだろうか。

もう何年も前の、残業に気合いを入れていた頃の自分が、ちょっと恥ずかしくなる。

穂高君はなにも言わずに、おにぎりを口に運んでいた。パリッと海苔が割れる音が、小気味よく響く。

口を閉じ、モグモグと顎を動かす端整な横顔を、私はそっと見つめた。そして、袋からツナマヨのおにぎりを取り出し、膝の上に置いて目を伏せる。

「あの……穂高君」

肩肘張って、改まって呼びかけた声が固くなったのは、自覚していた。

「わかってるから、いい」

穂高君はプランターの花を見遣り、淡々とした口調で私を遮る。

「え？」

思わず顔を向けると、彼がハッと浅い息を吐く。

「冴島が、間中さんに片想いしてるのは、重々承知してる」

表情も変えずに言われて、私の方が口ごもった。

彼はもうひと口おにぎりをかじり、ゆっくりと咀嚼《そしゃく》している。

「それでもお前を好きになって、言わずにいられなくなった俺が悪い」

男らしい喉仏を上下させてごくんと飲み込んでから、静かにそう続けた。

どこか自嘲気味な言葉に、私は思わず、おにぎりを両手でギュッと握りしめた。

「……ごめんね」

なんとかそれだけ言って、俯く。

わずかな沈黙の後、彼がふうっと息をついた。

「バーカ。強引にキスされた冴島が、なんで謝る」

「そ、それはそう、だけど」

「……返事はいいけど、これは聞きたい」

短く逡巡《しゅんじゅん》してから、穂高君がポツリと言った。

私はおずおずとその横顔に目を向け、先を促す。

彼は、手に残ったおにぎりの最後の一片を、ぽいっと口に放り込んでから、私を窺うように見遣った。

「お前も言ってたよな。ほとんど接点ないって。なのになんで、間中さんに惚れたの？」

斜めの角度から探りかけられ、私は一瞬ドキッとしてしまった。

でも、ここで答えるのを拒むのは、私を好きだと言ってくれた穂高君の前で、誠実じゃない。

「……間中さんは、私の夢を叶えてくれた、魔法使いなの」

ドキドキと胸が弾むのを意識しながら、唇の先で呟くように返事をする。

突拍子もないことを言い出した私に、穂高君は、「へ？」とやや裏返った声で聞き返してきた。

「私ね。子供の頃から、お化粧したりおしゃれしたりするのが大好きで。化粧品は、女の子を綺麗にしてくれる、魔法のアイテムだって思ってた」

腰を下ろしている段差の上で両膝を抱え、小さく身体を丸める。

「だ、だからね」

横顔に穂高君の視線を感じる。

頬が火照るのを自覚しつつ、私はその先を続けた。

「この会社に入れて、本当に嬉しかった。念願の商品企画部配属になって、毎日新しい化粧品のことばかり考えて、企画書作るのが楽しくて。絶対に、私が魔法のアイテムを生み出して、世に送り出すんだ！って……」

いきなり〝魔法〟なんて子供みたいなことを言われて、穂高君は呆気《あっけ》に取られているのかもしれない。

彼の視線は、ほんの少しもぶれずに、私にまっすぐ向けられている。

それを感じながら、私はグッと顎を上げた。

「私が、初めて商品化を実現した企画。あれね、間中さんのおかげなの」

「え……？」

「企画書提出前に相談したら、忙しいのにわざわざ実験して、丁寧にアドバイスしてくれて」

私は穂高君を前に語るうちに、あの報告書に最後まで目を通した時の高揚感を思い出していた。

【君の夢が叶いますように。応援してます】

そのメッセージを目にした瞬間、胸いっぱいに広がった温かさ。

今思い出しても心が弾み、ときめいてしまう。

「間中さんは、私の夢を叶えてくれた魔法使いなの。……今だから言うと、商品化が決まって、チームでも間中さんが担当してくれるんじゃないかって、あの時はちょこっと期待してた」

今まで誰にも話したことがない、私の夢が叶った瞬間の物語。

穂高君を相手に、胸を高鳴らせてしゃべっている自分が気恥ずかしい。

「俺が担当になったのは期待外れで、がっかりした？」

「え？　……あっ」

間髪入れずに畳みかけられ、余計なことを言ってしまった自分に気付く。

私は返事に窮して、言葉に詰まった。

「あ、あの……」

「なるほどね」

弁解しようと口を開いた私を、穂高君が溜め息で遮った。

最初の企画から担当してくれた彼の気分を、害してしまっただろうか。

不安になって、そっと顔を向けると、穂高君と宙で視線が交わった。

ムッとされるとばかり思っていたのに、意外にも彼の表情は柔らかい。

「冴島って、見た目に反して、結構リリカルな思考回路してるよな」

からかうように口角を上げる穂高君に、私の胸がドキッと跳ねる。

「リ、リリカルって」

「空想主義者でメルヘンチック、って言った方がいいか？」

穂高君は意地悪に眉尻を上げげて、わざわざ言い直した。

「笑いたいなら、笑ってくれていい」

私はプイと顔を背けて、手の中のおにぎりに視線を落とした。この場を繕うように、
無駄に音を立ててセロファンを剥がす。

海苔を巻いたおにぎりの角を、かぷっとくわえると……。

「笑わないけど」

穂高君が、短く返してきた。

私は、パリッと音を立ててひと口かじり、そのまま唇を結ぶ。

「そういうことだったら、やっぱり俺、お前のこと諦めない」

「っ、え？」

彼の言葉は予想外で、口にしたおにぎりを、ゴクッと飲み下してしまった。喉に引っかかり、ゴホゴホと咳き込んで、慌ててコーヒーのパックにストローを刺す。

一気に喉に流してから、ようやくふうっと息を吐くと、

「な、なにを……」

噎《む》せる私をじっと観察していた穂高君に、涙目を向けた。

「冴島の夢を叶えた魔法使いは、間中さんかもしれないけど。魔法のアイテムを創って、この世に送り出すっていうお前の夢は、まだまだ続いてるだろ？」

「え……？」

「お前がこの会社で企画を続ける限り、際限なく。俺ならそれを、この先もずっと、もっともっと膨らませて、大きくしてやれる」

静かに淡々と言い切ってから、彼が私にまっすぐな視線を向けた。

一瞬前より、強い意志がこもった瞳に、私の胸はドクッと沸き立った。

「穂高く……」

「俺だけが、できるんだ。お前の華奢《きゃしゃ》な腕じゃ抱えきれないくらいに、でっかくしてやるから――」

彼は早口で言いのけて、私から目を逸らした。

「だから、諦めない。冴島は文句言わずに、俺に惚れられてろ」

なんだかぶっきら棒に言い捨てる。

そして照れ隠しなのか、ちょっと乱暴にサラダの蓋を開け、プラスチックのフォークを手に、せかせかと食べ始めた。

私は、そんな穂高君の横顔から、目を逸らすことができなかった。

いい年して、仕事に夢だ魔法だと言い出した私を、鼻で笑ってくれていいと思ってたのに。

たった今、穂高君が真剣に告げてくれた言葉が、私の胸を大きく抉《えぐ》る。

きゅんと疼くのを、抑えられない。

間中さんが叶えてくれた、私の夢。そこから生まれたAQUA SILKというブランドを、今は穂高君が支えてくれている。

彼の言う通り。

私の夢は、叶っただけで終わりではない。夢の続きに、際限はない。それを、私のそばで、もっと大きくしてくれるのは、穂高君だ。

そっか。私には、魔法使いがふたりいるんだ――。

今、夢を追い続けていられる幸せを改めて実感して、私の胸は震えた。


朝食を終えた後も、私は穂高君といろんなことを話しながら、ラボで過ごした。

お互いの子供の頃のこと、そして、穂高君の夢のこと――。

「私の夢は話したんだから、穂高君も教えてよ」と探る私に、彼は特に表情を動かさずに「ノーベル化学賞受賞」と言った。

随分と大きく出た穂高君に、私は素でギョッと目を剥いた。

彼は私に構わず、「でもまあ、もう無理だな」と、大して残念そうな様子もなくうそぶく。

「就活の時、志望してた科学研究所の教授推薦受けられなくてね。この会社に来た時点で、そんなの海の藻屑《もくず》と消えた」

「え〜。それは残念、だったけど……。もしかして穂高君、うちの会社に就職するの、嫌だったの？」

私にはそっちの方が残念で、肩を落として訊ねる。

彼は壁に背を預け、腕組みをしながら、「最初はね」と即答した。

「なんで俺が化粧品なんか、って思ってた。だから、面接の時は、食品部門とかバイオ化学部門が希望だって言うつもりでいたんだけどね……」

穂高君は言葉を切って目線を宙に上げると、「ふう」と声に出して息を吐いた。

「直前で、気が変わった」

「へ？」

「化粧品会社なんだから、社名を冠した商品の研究に就くのが、一番幸せなのかも、ってね」

「ええと……それは、会社の主力部門だから、ってこと？」

穂高君らしくない、なんだかミーハーな理由には、ちょっと拍子抜けしたものの。

「なんで穂高君の気が変わったのかわからないけど。私にとっては超ラッキーだったなあ」

「え？」

私は、両手両足をグッと前に伸ばし、声を弾ませた。

「だって、穂高君が化粧品部門に配属されたおかげで、私たちは名コンビなんて言われるようになって、会社の業績に貢献できるまでになった」

肩越しに彼を振り返って、ニコッと微笑む。

それには穂高君が、ほんの少し口をへの字に曲げた。

「よく言うよ。お前ついさっき、最初の企画で間中さんに担当してほしかったって、言ったばかりじゃねえか」

「！　そ、それは」

「しかも、間中さんの〝協力〟に、あっさりやられて惚れるくらい単純なくせに、AQUA SILKでチーム組む前から、お前が企画した商品を開発してる俺には、目もくれないとか。どういうことだよ」

「っ」

わかりやすく拗ねてふてくされた表情を見せる穂高君に、不覚にもドキッとしてしまう。じっとりとした上目遣いに、私は思わず口ごもった。

けれど、すぐに胸を反らして、反論の隙を突く。

「それは、穂高君が悪い！」

「へ？」

「だって、私、穂高君に嫌われてると思ってたもん。言ったでしょ？　つれないし素っ気ないし、私との間に壁作って……」

「あの夜のこと、結構細部まで覚えてるみたいだな、お前」

涼しい顔をしてさらっと遮られ、私はグッと言葉に詰まった。

穂高君は、なんだか意地悪にニヤニヤして、私のさらなる反撃を待っている。

「お、覚えてるよ。私が、穂高君と仲良くやりたいって言ったせいだって」

私は、開き直ってそう言った。すぐに照れくさくなり、肩を竦めて膝を抱え込む。

「……っていうか、私のこと好きだったなら、どうして」

独り言のつもりだったのに、穂高君の耳には届いてしまったようだ。「え？」と隣から覗き込まれ、一瞬ドキッとしたけれど、思い切って彼の方に顔を向ける。

「どうしてあんな、一線置いた接し方してたの。嫌われてるって思ってたから、近寄りがたいし。好きとか嫌いとかそういう感情抱く以前の問題で……！」

「こういうこと、したくなるから？」

なぜか語尾を尻上がりにして、穂高君が私を遮った。

その言葉の意味がよくわからず、きょとんとしてしまった時。

「……！」

穂高君が大きく乗り出してきて、私の唇を奪った。

彼の唇は掠めるだけにとどまらず、一度強く押し当てられ、キスの余韻を残すようにして、離れていく。

予測不能な行動の上、軽やかな早業。

反応すらできずに大きく目を見開いていた私に、彼はふっと口角を上げて笑った。

「冴島と距離縮めて接したりしたら、ふたりきりで仕事することも多いのに、理性が利かなくなるからね。要は、自分への防衛線だよ」

「っ……なっ！」

してやったり、といった表情でニヤッと笑う穂高君に、私の胸がドッドッと激しい音を立てて加速し始めた。

「だ、だったら、今だって……！」

「俺、もう全部お前に曝《さら》け出しちゃったし。変に繕うとか器用な真似できないから」

あまりに太々《ふてぶて》しい言い草に、私はポカンとしてしまう。

その顔がおもしろかったのか、穂高君はくくっと小気味よい笑い声をあげた。

「俺と仲良くしたいなんて豪語するくらいだから、根っから嫌われてるとは思ってないんだけど、違う？」

「そ、それは……」

探る視線に晒され、私はもごもごと口ごもる。

「ああ、そんなに身構えなくて大丈夫。俺、冴島には正攻法で攻めるから」

彼はしれっと言ってのけ、なにかに気がついたように、白衣の左の袖をちょんと摘まんだ。手首にはめたオメガのごつい腕時計で、時間を確認している。

それにつられて、私が自分の腕時計に目を落とす横で、彼は「よっ」と掛け声をかけて立ち上がっていた。

「朝メシ、ご馳走様。冴島の方も、そろそろだろ？」

頭上から促されて、私も慌てて立ち上がる。

「そ、そうだね。もう行かなきゃ」

まだだいぶ時間があると思っていたのに、気付くと、始業時刻まであと三十分だ。

今まで距離があったのが不思議なくらい、穂高君との会話は弾んだ。

それがとても楽しくて、時間が過ぎるのを忘れてしまっていたけど。

「あの、穂高君」

先に附室に戻っていく彼の背を、私はそっと呼び止めた。

「ん？」

肩越しに振り返ってくれる穂高君から目線を逃がし、「正攻法って」と、さっきの彼の言葉を繰り返す。

会話の途中で止められたせいか、それがどうにも気になる。

落ち着きなくそわそわする私に、穂高君は何度か瞬きをしてから、肩を竦めてクスッと笑った。

「堂々とオフィスで攻められる方法」

「は……はい⁉」

私は、ギョッとして目を剥いてしまった。

オフィスで攻めるって、どういう意味⁉

私の頭の中では、ややエッチな漫画とか小説とか映画とか……そういうもので見せ場になりそうな、危険極まりない、オフィスにあるまじき妄想が湧き上がってしまう。

普通の顔して、いきなりなんてとんでもないことを……！

私の思考回路を見透かしたのか、穂高君がぶぶっと豪快に吹き出した。

「夜のラボで、俺に襲いかかられるとでも思った？」

「ちょっ……変な冗談やめて！」

「先に想像したの、お前だろ？」

カアッと顔を染める私に呆れたように、穂高君は研究室に続くドアを開けた。

大股で研究室を突っ切って、廊下に出る。

「ほ、穂高君」

ドキドキする胸に手を当て、先を行く彼に声をかける。

「正攻法っていうのは、仕事で魅せるってこと」

穂高君は私に背を向けたまま、そう答えてくれた。

「え？　仕事？」

想像以上にまともな答えが意外で、私が聞き返した声は上擦ってしまう。

「冴島が間中さんに惚れたのも、仕事がきっかけだろ？　だからこそ、俺も堂々と仕事で冴島を惚れさせる。さっきも言ったけど、お前が企画した商品は、これからも全部俺が創り出してやる」

「……っ！」

穂高君の強気な宣言に、私の胸の鼓動がドクッと大きくリズムを狂わせた。

私は無意識にピタッと足を止めてしまう。

「だから、ちょっとは俺を意識してみて」

彼は、ラボの正面玄関にまっすぐ歩いていく。見送ってくれるつもりなのだろう。

私はグッと胸を揺さぶられ、握った拳を胸元に押し当ててから、床を蹴って彼の隣に駆け寄った。

「穂高君、あの……」

私が呼びかけると同時に、穂高君は前を向いたまま突然立ち止まった。

それにつられて、私も歩を止めて……。

「あれ。歩武と冴島さん？　おはよう」

正面玄関の方から、まさに今出勤してきた様子の間中さんが、大きく手を振ってい
た。その隣には、事務員の糸山さんもいる。

「美紅さん！　おはようございま～す」

彼女にも笑顔で挨拶されて、私も軽く手を振ってみせた。

「お、おはようございます。間中さん、糸山さん」

隣に穂高君がいるのに、私の胸はドキドキと騒ぎ出してしまう。

「おはようございます」

私たちの前まで歩いてきた間中さんたちに、穂高君も挨拶を返す。

間中さんは、並んで立ち止まっている私たちを交互に見遣って顎をさすりながら、
なにやらニヤッと笑った。

「え？　なに？　こんな朝っぱらから、冴島さん呼び出したの？　歩武」

「あ！　い、いえ。間中さん、これは私が……」

間中さんの勘違いに気付き、私は慌てて言葉を挟む。

ところが、彼は、もっと違う方向に思考を働かせてしまったようで。

「あ。もしかして、昨夜からずっと一緒だった、とか……？」

語尾を濁して意地悪に探る間中さんの隣で、糸山さんが「えっ⁉」と声をひっくり返らせた。

「ほ、穂高さん！　神聖な研究所で、なんてことを！」

どうやらふたりは、さっき私がしたのと同じような妄想を働かせて、随分とぶっ飛んだ誤解をしているらしい。

「え、あ、あのっ……」

私は、ギョッとして目を白黒させた。

それでも、なんとか弁解しようとした時。

「なんてことを、って。そんなことするわけないでしょうがっ」

私より一瞬早く、穂高君がカッと頬を染めて否定した。

ところが、つられて私まで頬を火照らせてしまったせいで、間中さんの眼差しに滲む疑いの色は濃くなっていく。

「なあなあ〜、歩武。お前の言う〝そんなこと〟って、どんなこと?」

さらに意地悪に目を細め、穂高君に腕を回して、やけにねっとりした声で質問を畳みかける。

穂高君はグッと口ごもり、ちょっと乱暴に間中さんの腕を払うと、

「じゃ、じゃあな。冴島!」

やや上擦った声でそう言って、スッと踵《きびす》を返した。

そのまま、今来たばかりの廊下を、脱兎の如く走っていってしまう。

「あ、穂高く……!」

なにを言おうとしたのかわからないまま無意識に彼の名を呼びかけ、すぐにハッと口を噤んだ。

両側から間中さんと糸山さんに挟み込まれ、私はきゅうっと身を縮める。

「……冴島さん。たったひと晩で、胃袋ゲット以外の方法で、歩武を落とした?」

「えっ⁉」

穂高君をからかったのと同じように、私の肩に腕を回してくる間中さんに、私の胸がドキンと跳ね上がる。

「あ、あの、間中さん、いったいなにを……」

「なんか、ちょっと前までとは、違う空気漂ってました。今の穂高さんと美紅さん」

糸山さんも、シルバーフレームの眼鏡の向こうのくりくりした目で、鋭く私を覗き込んでくる。

「っ、はっ⁉」

私はふたりから両脇を固められ、あわあわと目を泳がせた、けれど……。

「しっ、仕事！」

ひっくり返った声を張り上げた。

古い造りのラボの廊下に、私の声がキンとするほど響き渡る。

間中さんたちが軽く怯んだ隙を、見逃しはしない。

「私も早くオフィスに行かなきゃ！　じゃ、失礼しますっ」

不審なほど裏返った声で言い捨て、私は正面玄関に向かってバタバタと走った。

ポカンとしてその場に立ち尽くしている間中さんと糸山さんを、一度も振り返ることができないまま。

俺じゃ足りないなら

それから二週間——。

気付くと、世間では梅雨が明けていた。

天気予報では、連日、高気圧が日本列島を覆っている天気図が映し出され、ずらっと晴れマークが並んでいる。

殺人的なギラギラの太陽光が地球に降り注ぎ、この青い惑星の温度を上昇させる。

高層ビルが建ち並ぶオフィス街が、記録的な猛暑に見舞われる中——。

「あ〜つ〜い……」

お昼休みの休憩時間。

混雑のピークは超えたものの、人でゴミゴミした社食で、私は篠崎君と向かい合って、ダレていた。

ちょうど、リサーチを兼ねて、近隣の販売コーナーを訪問してきた後だ。

社食にはエアコンが効いているとはいえ、集まった人の熱気で、それほど涼しく感じられない。

おかげで、肌に浮いた汗は、なかなか引いていかない。むしろ、熱が身体にこもっていくようだ。

涼を求めてセレクトしたはずの冷やし中華も生温く感じて食欲が湧かず、空いている隣の席にトレーを避けた。

「美紅さん、半分も食べてないじゃないですか」

この暑さでも、食欲を失うということはないんだろうか。篠崎君の前にあるのは、がっつり胃に重いカツ丼だ。

しかも、ご飯は大盛りにしてもらってたのに、丼はほぼ空に近い状態になっている。

「今日も、残って片付けなきゃいけない仕事あるんでしょう？　だったら、昼はしっかり食べておかないと、夜まで戦えませんよ」

「篠崎君、やっぱり胃袋も若いのねえ……」

一年中どの季節も衰えない食欲を見せる二年下の彼に、感心というか呆れというか、よくわからない脅威を覚えて、私は「はあ」と息を吐いた。

気怠い身体を、テーブルに突っ伏す。

「篠崎君、私のも食べていいよ」

何気なくそう言うと、想定外に、「え⁉」と弾んだ声が返ってくる。

「いいんですか⁉　わーい、美紅さんと間接キ……」

「やっぱり、なし」

どこまで本気かわからない喜び方をする篠崎君にギョッとして、即座に撤回する。

「えー」と残念そうな顔をする彼に苦笑をこぼし、私はむくっと身体を起こした。

そして。

「……あ」

食事を済ませたのか、トレーを持って下膳台の方に歩いていくふたりの知り合いを見つけた。

一瞬、ドキッと胸が跳ねるのを感じ、その姿を目で追う。

間中さんと糸山さんが、談笑しながら社食から出ていくところだった。

別棟のラボにも一応社食はあるけれど、本社ビルに比べるとメニューが乏しいと聞いたことがある。だから、わざわざこっちに食べに来る人も多いらしい。

この二週間ほどで、間中さんと糸山さんが一緒にいるのを、何度か見かけた。

これまでも、ラボで偶然ふたりのやり取りを見聞きして、仲いいんだな、と思うことはあったけど……。

もうふたりの姿はないのに、私は頬杖をついて出入口の方をぼんやり眺めた。

　そういえば、この間の朝も、間中さんと糸山さんは一緒だった。

　通勤途中で会ったんだろうけど、ふたりして息ぴったりに、私と穂高君をからかってくれたっけ——。

　あの時のことを思い出すと、私の胸はなんだかモヤッとする。

　浮かない気分で、小さな溜め息をついた時。

「入社四年目で新ブランドを起ち上げた、商品企画部一のホープなのはわかるけどさあ。あの人の企画が毎回あっさり通るのって、優秀な研究員独り占めしてるからで、本人の能力は関係ないじゃない」

　後ろの方から、プリプリした声が聞こえてきた。

　前後の文脈だけで、話題の中の〝あの人〟が私のことだとわかるから、反射的にギクッとして、シャキッと背筋を伸ばしてしまう。

「……あー、古谷さん」

　篠崎君にも聞こえたのか、彼が私の斜め後ろに視線を流した。そちらの方向に、うちの部の後輩がいるらしい。

「古谷さん、先月の会議で企画落ちしたの、納得いってないみたいなんですよね」

　篠崎君がわずかに背を屈めて、コソッと言う。

私は古谷さんの声には背を向けたまま、無言で溜め息を返した。

そういえば、この間、篠崎君に言われたっけ。古谷さんが、いや彼女だけじゃないかもしれないけど、商品企画部の何人かの女性が、私を妬んでるって。

ただでさえ、毎日のこの酷暑にやられて気持ちが弱ってるという時に、自分への陰口を聞くというのは、なかなか心が折れる。

無意識に重い溜め息を重ねた時、プリプリしていた古谷さんが、やや上擦った声で「穂高さん！」と呼ぶのが聞こえた。

それには、私も篠崎君も、「え」と同じ反応をして、声の方向に顔を向けた。

古谷さんの目線の先に、確かに穂高君がいた。ワイシャツにネクタイ姿の彼は、これから昼食なのか、大盛りのカレーがのったトレーを手に、彼女の呼びかけに足を止めている。

「え？」

穂高君が古谷さんに目を留めると、彼女はなんだか舞い上がった様子で、ガタンと音を立てて椅子から立ち上がった。

彼女と一緒に食事をしていた何人かも、興味津々な様子で、ふたりに注目している。

「あのっ。私、商品企画部の古谷といいます。その……ぜひ、穂高さんに企画のご相談をさせていただきたくて」

古谷さんの肩に、相当な力がこもっているのは、こうして見ているだけでもわかる。

「……真っ赤。声、裏返っちゃってますね」

篠崎君が揶揄した通り、私の陰口を言っていた時とは別人のように、甲高い声で穂高君にお願いしている。

「はあ……」

穂高君は、見ず知らずといっていい彼女に突然呼び止められて困惑しているのか、返す声にもあまり抑揚が感じられない。

「研究依頼なら、ラボの集合アドレスにメールしといてくれれば。手の空いてる研究員が対応しますよ」

私には、むしろ穂高君らしいと思える素っ気ない返事でも、古谷さんにとっては無情だったのだろう。彼女は「え」と声をのんだ。

「あの、でも。私、穂高さんに……」

声のトーンが落ち、小さく消え入ってしまう。

俯く古谷さんに、穂高君は「悪いけど」と言葉を挟んだ。

「俺は、AQUA SILKだけで手いっぱいだから」

「で、ですから、私もAQUA SILKの新ラインとして出せるように、考えていて」

「ごめん」

一歩前に踏み出して食い下がる古谷さんに、穂高君はやや背を引きながら、短く謝罪をした。

そして。

「言い方変える。AQUA SILKの商品は、冴島じゃなきゃ無理だよ。俺は、冴島の企画じゃなきゃ、モチベーション上がらない。彼女以外に、協力するつもりはないから」

真顔で、しれっと言ってのけた。

聞き耳を立てていた私は、ひゅっと音を立てて息を吸ったまま、呼吸を止めてしまう。

慌てて両手で口を覆って、顔を伏せた。自分の存在を隠そうと、身を縮めたけれど……。

「……冴島」

バタバタした気配を、穂高君に気付かれてしまった。ギクッと肩を竦めてから、そちらにそおっと目を向ける。

彼が目を瞠って、私をまっすぐ見ていた。

「あっ……」

古谷さんの方も、私に気がついたようだ。ハッと息をのみ、気まずそうに顔を歪めて、目を泳がせている。

彼女と一緒にいた人たちも、「あ」と口を開けて、そそくさと席を立った。

「あ、ちょっと、待っ……」

ひとり置いていかれた古谷さんも慌ててトレーを持ち上げ、仲間の背に声をかけながら逃げていってしまった。

篠崎君は、古谷さんを目で追った後、私と穂高君に交互に見遣って……。

「穂高さん！　よかったら、ここどうぞ！」

穂高君に明るく声をかけて、立ち上がった。

「えっ⁉」

私はひっくり返った声をあげて、篠崎君を見上げる。

「え……」

穂高君も、端整な顔に戸惑いをよぎらせ、私にチラッと横目を流してきたけれど。

「俺、もう行きますんで。美紅さん、先に戻ってますね」

篠崎君はなぜだか「えへへ」とはにかみ、トレーを持っていそいそと立ち去っていった。

穂高君は、呆気に取られた様子で、その背を振り返って見送ってから、

「じゃあ、いい？」

篠崎君が座っていた席に目を向け、私に許可を求めてくる。

「う、うん。もちろん、どうぞ」

なんだか変な緊張感が湧いてきて、彼への返事がぎこちなくなってしまう。

穂高君が無言で歩いてきて、私の前の席に腰を下ろす。

その間、私は彼から微妙に目を逸らしていた。

「……聞こえた、よな」

わずかに沈黙した後、穂高君の方から、ボソッと切り出してきた。

「っ、え？」

私はそれに反応して、弾かれたように顔を上げる。

穂高君は口元を大きな手で覆って、私から顔を背けていた。

「お前の企画じゃなきゃ、モチベーション上がらないって」

手でくぐもってしまい、彼の呟きは聞き取りづらいけれど、私の心臓はドキンと大きく跳ね上がる。

「う、嬉しいけど、あんな風に言われて、古谷さん、きっと傷ついてる」

頬がカアッと熱くなるのを感じながら、話題の方向を変えようとして、彼を軽くなじった。

それには、穂高君も口を噤む。

「……ごめん」

なんだか殊勝《しゅしょう》に謝られてしまい、私は慌ててブンブンと首を横に振った。

「いや、違うの。穂高君は悪くないんだし、謝らないで！」

「でも」

「私も、古谷さんの気持ち、わかるってだけ。……大事な企画だもの。尊敬してる研究員に相談したいって、私もそう思うし……」

「気持ちはありがたいけど、俺、冴島ので手いっぱいだし」

「っ」

続けて重ねられた言葉に、私の心臓はドキドキと激しく拍動した。

「AQUA SILKに、お前以外の企画はいらない。お前のじゃなきゃ、創りたいと思えないから」

そう言って、穂高君は私の前でスプーンを手に取った。

わりと豪快に男らしく、食事を始める。

仕事なのに、〝私だけ〟と言ってくれる穂高君に、私の胸はきゅんと疼き、確かなときめきをもたらした。

なんだか、身体中が火照って熱を帯びていく。

「も、もう。おだてすぎ……」

自分の反応に戸惑い、穂高君から逃げて視線を彷徨《さまよ》わせてしまう。頭のてっぺんから、シューッと音を立てて蒸気が噴射しそうなくらい、顔が熱を帯びていた。

そんな私を、彼は上目遣いに見遣って、クスッと笑った。

「冴島が、俺のやることなすこと、いちいち意識して困ってるの、見てるだけでおもしろいな」

「……悪趣味」

肩を揺らす彼の前で、私はほんのちょっと唇を尖らせた。

「今まではほんと、無愛想だったのに。なんでいきなり饒舌《じょうぜつ》になるの」

穂高君は、軽い調子で「ごめん」と謝ってから、テーブルに頬杖をつく。

「好きだなんて、言うつもりなかったせいかな。言ってしまったら、なんだかいろいろと吹っ切れたというか」

「穂高く……」

「なあ。……冴島」

ドキドキと加速する胸に手を当て、なにを言うか決まらないまま呼びかけた私を、彼が短く遮った。

「俺、本当に、お前の企画なら全力尽くすから。だからさ。俺のこと、好きになれよ」

一瞬、真剣な鋭い目をした彼に、私の胸がきゅんと鳴った。

とっさに返事ができずに口ごもると、穂高君は黙って肩を竦めた。

「……ゆっくりで、いいからさ」

それだけ言うと、私の返事を待つことなく、手元に目を伏せた。そして照れ隠しなのか、やけにせかせかとスプーンを動かし始める。

私は、彼と目が合わないように、微妙に目線をずらして穂高君を探っていた。

穂高君の言動に翻弄されて、限界を超えてドキドキと高鳴る自分の鼓動に戸惑っている。

だけどそれが、くすぐったくて嬉しくて……。

結局、彼が食事を終えるまで、一緒にいた。

その翌週の水曜日。ブランドの定例会議は、午後三時に終わった。

メンバーたちが、挨拶を交わしながら散会していく中。

「穂高君」

私は、穂高君に声をかけた。彼は、いつもと同じように、人よりゆっくり資料を片付けて椅子から立ち上がったところだった。

「ん？」

短く訊ね返してくれる穂高君の前に、駆け寄った。

「ごめん。新しい企画の相談がしたくて」

顎を引いて見下ろしてくる彼に、私はちょっと肩肘張って、用件を伝える。

「いいよ」

穂高君は、クスッと笑って即答してくれた。

この間社食で、古谷さんのお願いを断った時とは違う、快い承諾。穂高君が、私を特別に思ってくれているのが伝わってくる。

私の胸が、ドキッと弾んだ。そしてすぐに、じわじわと嬉しさが込み上げてくる。

「この後は、戻ってやらなきゃならないことがあって。悪いけど、業後でもいいか？」

無意識に胸に手を当てる私の前で、彼はシャツの袖をちょんと摘まみ、左手首の腕時計に視線を落とした。

伏し目がちの目元。なんてことない仕草なのに、私は一瞬、見惚《みと》れてしまった。

「……？　冴島？」

返事が遅れた私に、穂高君が不思議そうに呼びかけてくる。

「う、うん。もちろん」

私は慌てて返事をした。すぐに取り繕って、ニッコリと笑いかける。

「じゃ、仕事が終わったら、ラボに行く」

「ああ」

穂高君は、頷いて返してくれた。

「あ。……なにか、食べたいものがあったら、買っていくけど」

思い出したようにそう続けると、彼は苦笑を浮かべた。

「そういうのは、気にしないでいいから」

そう言って軽く手を振り、会議室から出ていった。

私も急いでオフィスに戻って仕事を済ませ、午後七時過ぎにラボを訪ねた。

いつもと同じく、穂高君からは事務所で待つよう指示をもらう。

この時間なら、まだ事務員が残っている可能性もある。だから私は、中に入る前にドア口からひょこっと事務所を覗き込んだ。

事務員のデスクには、糸山さんがいた。『こんばんは』と声をかけようとして、私はハッと息をのんだ。そして、凍りついたように立ち竦む。

糸山さんは、ひとりではなかった。隣のデスクから椅子を借りて、隣に寄せて座っている間中さんと、楽しげに話している。

間中さんは白衣姿で、研究の合間に、事務所に息抜きに立ち寄ったといった感じだった。目元を綻ばせて、缶コーヒーを飲んでいる。

普段から同じラボで働く事務員と研究員の、日常的な関わり合い、そんな光景ともいえるだろう。

だから、私も気にせず、『こんばんは、お疲れ様です』と挨拶して、中に入ればいい。ふたりの会話に混ぜてもらってもいい。

それができず、その場に佇《たたず》んでしまったのは、少し前から心に広がっていた靄のようなものが、今のふたりを見て、いっそう色濃くなったせいだ。

最近私は、間中さんと糸山さんが揃って一緒にいるところを、何度見かけただろう。

今、改めて自分に問いかけてみると、なんだか不穏なリズムで心臓が拍動し始める。

疑問を抱いても、深読みせずに逃げていただけで、本当はものすごく気になってい

たことを、嫌でも自覚してしまう。

その時、廊下の奥の方から、足音が聞こえてきた。音のバラつき具合からすると、

ふたりといったところ。

「なあ、一度ロッカー室戻っていい？」

間中さんと同じく、休憩に出ていた研究員が、持ち場に戻るところだろうか。

ロッカー室というなら、こちらに折れてくるだろう。

けれどそれを、女性の声が止めた。

「後にしなさいよ。今、間中さんも、事務所でコーヒーブレイク中だから」

女性研究員は、ここに間中さんがいるのを知っているようだ。

彼女がなにを気にして、ここに来るのを止めたのか、私にはよくわからない。でも、

その声に冷やかしのような色が滲んだせいで、私の胸はざわめく。

止められた方の研究員も、それだけで合点したようだ。「あ、そっか」と、随分と

あっさり納得する。

「確実に、邪魔になるな」

「そうそう。今じゃなくていいなら、後にしなさいって。野暮なだけだから」

ふたりの研究員は、研究室の方にまっすぐ進んでいったようだ。事務所前の廊下から、笑い声と足音が遠ざかっていく。

私はドア口から、無意識に一歩後退していた。

なにかに縋るように、離れていく研究員の姿を探して振り返る。

間中さんと、糸山さんって――。

見て見ぬふりをしていた、小さな気がかり。

それが今、確かな疑惑になって、胸に膨らんでいくのがわかる。

ドッドッと強い音を立てる鼓動を抑えようとして、胸に手を当てた、その時。

背後から、弾むように駆ける靴音が聞こえてきた。

「悪い、お待たせ、冴島」

飄々《ひょうひょう》とした声で呼びかけられ、私はギクッと肩を強張らせた。その反応が不審だったのか、私の後ろで足を止めた穂高君が、「どうした?」と訊ねてくる。

「あ、あの」

不安に駆られ、目が泳いでしまう私に、彼は一瞬訝しそうな顔をした。

答えを探すように事務所の中をひょいと窺い、

「あ……」

間中さんと糸山さんに気付いたのか、短い声を漏らす。

彼はスッと目線を流し、私の腕を無言でギュッと掴んだ。力強く腕を引かれ、反射的に顔を上げた私に……。

「来い、冴島」

短い命令をして、事務所に背を向けた。そのまま、研究室の方に歩いていく。

「穂高君、あの」

「企画の話なら、俺の研究室で聞くから」

「そうじゃなくて。間中さん。間中さんと糸山さんって……」

言いたいことも聞きたいこともあるけど、私の思考回路はまともに働かず、なにから口にしていいのかわからない。

中途半端に言いかけて俯く私の頭上で、穂高君が溜め息をついた。

「どっちにしても、廊下で話すことじゃない。とにかく、こっちに来い」

穂高君は、手の力を緩めようとはしない。

私は、今も事務所にふたりでいる間中さんたちが気になって、何度も振り返ってしまう。だけど、この場に残って、ふたりを見ていられるわけもなく――。

穂高君に腕を引かれ、事務所から離れるしかなかった。

研究室に入ると、私は黒い実験テーブルの上にバッグを置き、穂高君に勧められるがまま、丸椅子にドスッと腰を下ろした。

「……冴島」

ここに来た用件も忘れて、ボーッと床の一点を見つめる私に、穂高君が焦れた様子で呼びかけてくる。

「っ、え？」

ピクッと反応してから、私はハッとして顔を上げた。

「なに？って顔してないで。企画の相談に来たんじゃないのか？」

穂高君は呆れた口調でそう言って、鷹揚《おうよう》に腕組みをする。

「え？　……ああ、うん」

私は何度か首を縦に振ってから、バッグを自分の方に引っ張った。

中からA4サイズのクリアファイルを取り出し、それを穂高君に差し出す。

彼の言う通り、昼間相談したいと言った、新企画の構想資料だ。

穂高君は私の前に立ったまま、一度ちらりと資料に目を落としてから、黙ってファイルを受け取ってくれた。

椅子には座らず、テーブルに腰かけ、長い足を持て余すように前に投げ出す。ファイルから、左上をダブルクリップで止めた資料を取り出すと、無言で目を通し始めた。

穂高君の長い指がページをめくるたびに、カサッと音がする。

私は彼の指をぼんやりと眺めながら、先ほどの間中さんと糸山さんの姿を、脳裏に思い浮かべていた。

さっき、穂高君もふたりを目にしたはずなのに。彼はなにも言わずに、そこから私を連れ出した。私が訊ねようとしても、かわしてはぐらかして。

事務所に寄らず過ぎていった研究員たちの会話からも、なんとなく想像することはできる。

同じラボで働く人たちは、きっと私以上に、間中さんと糸山さんが一緒にいる場面を見かけているのだろう。

陰で噂《うわさ》しながら、邪魔しないように気遣うのは、ふたりが付き合っているのかどうか、まだ微妙なところだから?

間中さんが前の彼女と別れたのは、今年の春先のことだと聞いた。それを考えても、ふたりの関係が始まったのはここ最近のこと。

まさに、私が変化に気付いたのと、同じタイミングだと思って間違いない。

「っ……」

私は無意識にひくっと喉を鳴らし、膝の上でスカートを握りしめた。

手にした資料に目を伏せていた穂高君の視界に、それが映り込んだのだろうか。彼は、私をちらりと横目で見遣った。

そして。

「……冴島」

資料から顔を上げて、私を呼ぶ。

彼の凛とした声は、ちゃんと私の耳にも届いたのに。

「冴島」

「っ……。は、はい」

私の返事はワンテンポ遅れ、彼にもう一度呼ばせる間を与えてしまった。

胸いっぱいに広がる、嫌な予感。

激しい胸騒ぎがして、私は穂高君とまっすぐ目を合わせることができない。

穂高君はわずかに眉根を寄せて、一度ハッと浅い息を吐いた。

「これ。この企画のこと」

私の思考が企画から逸れているのを見透かしているのか、資料を自分の顔の高さに持ち上げ、バサッと音を立てて揺らす。

乾いた音が耳に届く。

目の前でパンと手を打たれるのと似た感覚に、私はハッと我に返った。

企画のことで相談したいと、穂高君に時間を作ってもらったのは私なのに。

私は今、完全に上の空になっていた。

「ご、ごめん」

慌てて謝ってから、ピンと背筋を伸ばした。

穂高君は私を最後まで観察して、無言で溜め息をつく。

「これ。どのブランドでやろうっていうんだ？」

そう言いながら、手に持った資料を、長い指でパチッと弾いた。

「え？」

「AQUA SILKじゃないだろう？」

私が穂高君に相談したのは、男性向けの基礎化粧品だった。

うちの会社では、女性向けの化粧品は対象年齢ごとに四つのブランドで展開しているけど、男性向けは女性ほどの需要はなく、全年齢対象の一ブランドのみ。それは間中さんが研究主任を務めている。

でも、近年、男性の美意識は上昇していて、ひと昔前とは比較にならない、というマーケティング結果も出ている。だから、男性向けも若年層と壮年層でふたつに分けて、よりターゲットを絞ったブランド展開を提案しようと考えたのだ。

「うん。あのね」

私はなんとか気持ちを切り替え、穂高君に説明しようとした。

「冴島。AQUA SILK は、名実ともにうちのメインブランドなんだ。この先もさらなるブランド展開を求められる。今、他に関わってる余裕なんかないだろ」

なのに彼が、私をたしなめるように遮る。

「それはわかってる。もちろん、AQUA SILK の商品もちゃんと考えてるよ？　でも、これもやってみたいの」

自信を持って反論する私に、穂高君が眉間の皺をいっそう深くして、鋭い瞳を向けてきた。

強く射竦められる感覚に、一瞬怯む。

それでも胸を張って、中断させられた説明を続けようとした。

「うちの会社、メンズはひとつしかないでしょ？　だから……」

「そんなに間中さんと組みたい？」

穂高君が素っ気なく言って、私から目を逸らす。

「っ、え?」

「現状では、メンズの商品は間中さんに委ねることになる。そうすれば、今より間中さんと仕事で接する機会が持てるよな?」

ちょっと前まで、穂高君が私につれなくてよそよそしいのは、ごく普通のことだった。でも、ここ最近は仕事以外の話もできるくらい歩み寄れていたし、それをとても嬉しく思っていた。

だからこそ……今、彼との間に再び壁が築かれた。そんな気がして、私は怯んでしまう。

「穂高君……?」

「それだけアイデアが浮かぶお前なら、AQUA SILK以外のチームでもやりたいと思うのはわかる。でも、まだまだこれからって時に、他に手出す余裕、あるのかよ?」

穂高君は感情を隠すような速い口調で言い切って、資料をクリアファイルに戻した。それを、私の胸元に突き返してくる。

私は反射的に資料を受け取りながらも、困惑して穂高君を見上げた。

「それに……。間中さんと組みたい企画なら、俺に相談するな」

穂高君は素っ気なく言い捨て、テーブルから立ち上がった。

「え？　待って。あの……」

「でも」

私の呼びかけを、短いひと言で遮る。白衣のポケットに両手を突っ込み、座ったままの私を見下ろす。

「らしくなくウジウジして、見てるだけの期間、長すぎたんじゃないのか？」

「え？」

突然変わった話題に戸惑いながら、聞き返す。

穂高君が、わずかに逡巡するような間を置いて、ボソッと呟いた。

「……間中さんと、糸山さん」

彼が口にしたふたりの名前に、私はビクッと肩を震わせて反応してしまう。

それを、視界の端で見ていたのか——。

「最近、気付くとああやってふたりでいるよ」

感情がわからない抑揚のない声が、私の耳の鼓膜に直接刻み込まれる。

同時に、心臓がドクッと沸き立つような音を立て、私はとっさに言葉を返せない。

穂高君は、絶句する私を確認して、静かに口を開いた。

「接点が少なくて、後輩としか思われてないって言い訳してたっけ？　冴島が指くわえて見てる間に、日常的に接点のあるふたりは、当然のように惹かれ合っていった。

そういうことだよ」

長い片想いの終着点を、強引に残酷に、目の前に突きつけられたせいか。

それとも、穂高君の冷淡な言動に傷ついているのか。

私は、頭の中でも血管が脈動しているのを感じながら、激しく打ち鳴る胸元を、ぎゅうっと握りしめた。

「ほ……だか、く」

彼の名を呼んだ唇が、わなわなと震えてしまった。

穂高君が、ハッとしたように、私から顔を背ける。

「どうして、突然、そんな」

目に涙がじわっと浮かんでくる。

私は慌ててゴシゴシと手の甲でこすって、流れそうになるのを止めた。

「……ごめん。嫌な言い方した」

穂高君はそれだけ言って、私にくるっと背を向けてしまう。

「本当は間中さんとやりたい企画なのに、俺のとこに相談に来て。その上、目の前に俺がいるのも忘れて上の空になるほど、頭ん中、間中さんでいっぱいにしてる。そんなお前見てたら、柄にもなくむしゃくしゃした」

「っ」

「お前さ。俺がお前のこと好きだって言ったのも、忘れてる?」

穂高君はさらっと言うけれど、心の中は荒れ狂っている。

それを、目の前に突きつけられた気分になり、私はゴクッと唾を飲んだ。

「ご、ごめんなさい。忘れてなんか」

よくわからない焦燥感に駆られて、私は彼を追って立ち上がっていた。

「あの……本当に、そんなつもりじゃなくて」

背を向け続ける穂高君に、恐る恐る手を伸ばす。一度ためらってから、彼の白衣をきゅっと掴んだ。

「穂高君。違うの。この企画は、間中さんと一緒にやりたいんじゃなくて」

今言っても、言い訳にしか聞こえないとわかっていても、黙ったままでいたら、一夜にして頑強な壁が築かれてしまいそうだ。

だから私は、なんとか聞いてもらおうとして、言い募った。

「間中さんのこと考えて、どっか行ってるような状態で、他の企画進めながらAQUA SILKの新商品も考えるなんて無理だろ」

だけど穂高君は、私に最後まで言わせてくれず、そう言い捨てる。

「俺が一緒に創り出してやれる魔法のアイテムじゃ足りないなら、その企画、続けろ」

その言葉に、はっきりとした拒絶を感じて、私は声を失った。

「……俺、ちょっと頭冷やしてくる」

彼は、さらっと前髪をかき上げてから、俯いた。

「しばらく空けるから、俺が戻ってくるまでに帰って」

「っ、穂高く……」

私が呼ぶのも聞かずに、穂高君は大きな歩幅で、足音を響かせて研究室を横切っていく。一度も私を振り返らずに、そのまま出ていってしまった。

ひとり研究室に取り残された私は、彼に突き返されたクリアファイルを手に、呆然と立ち尽くすだけだった。


社会人になってからというもの——私は、夢を叶えることばかり考えていた。

入社当初は、私にも、学生時代から付き合っていた彼がいた。

でも、私は、新たな魔法のアイテムをこの世に送り出すという仕事に夢中で、いつも仕事優先。何日も何週間も会わないことはざら。電話やＬＩＮＥすらも疎《おろそ》かになり、結局彼の方が私に愛想を尽かして、社会人二年目を迎える前に振られてしまった。彼から言われた『サヨナラ』は、私の胸の奥底に小さな傷を残した。

確かに、彼をないがしろにしていたと言われても仕方がないけど、私だって別れが平気だったわけじゃない。

別れて初めて、彼という存在が、私にとって最後の心の拠り所になっていたことに気付いた。何週間も会わなくても全然平気だったのに、もう会えないとなった時、私は、寂しくて泣いた。

でも、落ち込んでばかりはいられない。

とにかく一度、企画が通るまでは、片手間になってしまう恋はお預け。恋を犠牲にした分、今は脇目を振らずに仕事を頑張る。

一日でも早く夢を叶えること、それが別れた彼への報いにもなるはず。そうやって、私は奮起した。

ひとりになって、よりいっそう仕事一筋で、日々没頭した。そうして、入社七年目。AQUA SILKというブランドの、企画主任の肩書を得た私が在る。

夢を叶えてくれた間中さんに恋心を抱いてはいたものの、見ているだけで動けなかったのは、彼に彼女がいることを知っていたから、それだけじゃない。

起ち上げたばかりのブランドの業績を、軌道に乗せる。私には、もっともっとクオリティの高い商品を生み出し続けるという、新たな使命が課せられた。

今まで以上に、仕事一筋にならないと、期待に応えることはできなかった。

結局、入社以来今までずっと、私は仕事漬け。それでも、ふと手が空く時もあり、そのたびに私は新しい恋を願った。

もしも、間中さんの恋人になれたら――。

だけど、私はいつも二の足を踏んだ。残念ながら、仕事と恋の天秤《てんびん》を常に平行に保てる自信はない。

仕事一筋を誓って恋を断捨離したのに、再びそこに踏み出したら、私は二兎《にと》を追うことになる。

私は、仕事と恋を両立することもできない、不器用で臆病なOLだから。せめて仕事で接点があれば……と、これまで何度か考えたことは否めない。

そんなフラフラした心を、穂高君は見透かした。だから、誤解されて当然なのかもしれない。

失恋からの始まり

【よかったら、試作品の意見もらえないかな？】

間中さんからメールをもらったのは、その翌日のこと。

普段は彼から連絡が入ることもないから、差出人の名前を見て、まずドキッとしたけれど、本文を読んで、そんな口約束を交わしたことを思い出した。

メールを確認する私の傍らには、穂高君に突き返された企画の資料がある。

それを視界の端に映しながら、意を決してキーボードに両手を伸ばした。

【もちろん、いいですよ。もしよければ、私の相談にも乗ってもらえないでしょうか？】

間中さんから快諾の返事を受け、私は業務終了後にラボを訪ねた。

穂高君を訪問する時と同様、まず事務所に向かう。

入る前に、ドアロでほんのちょっと躊躇したのは、まだ糸山さんが残っていたら、と思ったせい。

そっと顔を覗かせてみると、事務所は無人だった。私はホッと息を吐いて、室内に入っていった。

奥の古いソファに腰を下ろし、間中さんが来るのを待って、事務所に漂うノスタルジックな空気に身を委ねる。

そうこうしているうちに、白衣を纏った間中さんが、ドア口に姿を現した。

「ごめんごめん、冴島さん」

研究室から走ってきたのか、少し息を弾ませている。すぐに私に目を留め、まっすぐ歩いてきた。

「いえ」

私はソファから立ち上がりながら、短く答えた。

「古汚い事務所で待たせて、申し訳ない」

彼はややおどけた調子で、私の前で両足を揃えてピタリと立ち止まる。

「古汚いなんて。そんなこと、全然」

私はそう言って笑いかけ、もう一度ゆっくり事務所を見渡した。

「昔の学校の職員室みたいで、懐かしいというか。近代的なものに囲まれて仕事してると、こういう趣のある空間も、心地いいですよね」

間中さんはきょとんとして、「ふ〜ん？」と間延びした声をあげた。

「そう？　いつもここで仕事してる事務員は、不満たらたらだよ？」

「え？」

「建てつけが悪くて、窓を開けるたびにガタビシ音が鳴るとか、冬は隙間風が入るとか。インフラも古いしね」

間中さんは目線を上げて指折り数えながら、さっさとドア口の方に向かっていく。

「そ、そうなんですか」

確かに、いつもここで仕事している糸山さんたちにとって、この古さは趣なんてものじゃなく、不便でしかないのかもしれないけど……。

私は事務所から出ていく間中さんを追いかけながら、なんとなく一度、事務所を顧みた。

「冴島さん？」

無意識に足を止めていた私を、間中さんが少し先で、不思議そうに振り返っている。

「あ、いえ」

私は気を取り直し、ぎこちなく笑って小走りで彼に追いついた。

そのままふたり並んでエレベーターに乗り、五階にある間中さんの研究室に入る。

「ここが、間中さんの研究室……」

機械や薬品棚の配置が異なるくらいで、造り自体は穂高君の研究室と大差はない。

でも、私がお邪魔するのは、もちろん初めて。

四年前、私の夢を叶えてくれた時も、彼はここで実験していたんだ――。

そう考えただけで、とても神聖な場所に思える。漂う空気も厳かに感じて、感慨ひとしおで室内を見渡す私を、間中さんがおもしろそうに笑った。

「なに？　なんか珍しいものでもある？」

「あ、いえ」

私は笑い返しながら、心なしそおっと歩を進めた。

「ここで、次々とヒット商品が開発されてるんですね。なんだか、夢の世界に踏み込んだみたいで」

しみじみと呟くと、間中さんはブブッと吹き出した。

「夢の世界ねえ。おとぎ話みたいなたとえ方だな」

「え。あ……」

肩を揺すってくっくっと笑われて、私は自分の失言に気付く。

「俺にとっては、社内のどこよりも現実的な場所。夢なんかありゃしない」

そう言って、間中さんはさっさと実験テーブルに向かっていく。

「え、えっと……」

間中さんが日々研究に明け暮れる場所を、夢の世界なんてふざけた言い方をしたから、もしかして、気分を害してしまったんだろうか。

「ごめんなさい。失礼なたとえ方をしてしまって」

私は、慌てて肩を縮めて謝った。

それには、「別に？」とあっけらかんと返してくれる。

「俺にはとても、君みたいな捉え方はできないけど。でも、君たち企画のアイデアって、そもそも空想から生まれるんだよな」

テーブルに試作品を並べながら、間中さんがそう続ける。

「空想……？」

なにか違和感を覚え、私は彼の言葉尻を拾って自分の口で繰り返した。

「そう」と、相槌が返ってくる。

「その夢のような空想に、数式や化学方程式、ロジックといったスパイスを加えて、現実で売れる商品を開発する。それが俺たち研究員の役割」

手元から目を離さず、淡々と流暢《りゅうちょう》に語る間中さんに、どうしてだか私の胸がチクンと痛んだ。

返す言葉がなく黙りこくる私を振り返って、彼は小首を傾げる。

「それに、歩武のところの方が、よっぽど、君の〝夢の世界〟だろ？」

ここでもなお、間中さんは穂高君の名前を出して私をからかう。

私は、返事を濁した。

彼は気にした様子もなく、気付くとテーブルの上の準備を終えていた。

「ほら、そんなとこに突っ立ってないで、こっちに来てくれないか？」

あっさりと話題をもとに戻す彼は、いつもの飄々とした表情。

私の空想じみた失言を、気に留めてはいないようだ。

「は、はい」

私はホッと息をつき、取ってつけたような笑みを浮かべて、テーブルに歩み寄った。

「じゃ、早速。これなんだけどね……」

間中さんが、テーブルに置かれた試作品の説明をしてくれる。なのに、それは聞いてるそばから、右から左に抜けていった。

『夢なんかありゃしない』

――そうよね。化学が専門の間中さんにとって、化粧品の開発はすべてが現実。私たち企画部員のアイデアを、空想の産物と言うのも仕方がない。

実際、頭の中だけで考えた企画は何度も落ちたし、商品として手に取れるものに創り上げるのは、間中さんたち研究員だ。だから、私のように、〝夢みたい〟なんて捉え方はしないだろう。

完全に文系人間の私と、考え方に大きな齟齬《そご》があるのは仕方ない。

だけど……。

あの朝、石段に並んで座り、一緒におにぎりを食べた穂高君は、夢とか魔法などと語った私を〝リリカル〟だと揶揄したものの、私たちの仕事を空想だなんて言わなかった。

彼が創るのは、化学の力で生み出す現実の商品。

でも穂高君は、それを私と同じように、〝魔法のアイテム〟と言ってくれた──。

私は、肩からかけたバッグを、無意識に小脇に抱え込んだ。

バッグの中には、間中さんに相談に乗ってもらうつもりで持ってきた、男性用基礎化粧品の企画資料が入っている。

だけど私は、彼の試作品に意見し終えても、それを取り出すことはなかった。

「そういえば、冴島さんの相談って、なに？」

帰り際、間中さんが思い出したように手を打って、訊ねてくれたけど。

「いえ、いいんです」

私はぎこちない笑みを返し、間中さんの研究室を後にした。


その後――。

その足で、穂高君のところを訪ねたけれど、もう彼は退社していて、この間、一度だけチラッと顔を合わせた眼鏡の補助員だけが残っていた。

私は、穂高君から突き返された資料に【お願い。もう一度目を通してください】とメモをつけて、補助員に託《たく》してきた。

だけど、あれから五日経っても、穂高君からはなんのリアクションもない。

火曜日の今日。

私は、いつもより遅い時間にひとりで昼休憩に入り、社食の片隅のテーブルに着いた。

穂高君に渡した資料のコピーを手元に置いて、無意識に溜め息をつく。

食欲が湧かないまま、私は惰性で箸を持った。

これならいくらか食べられると思い、冷やしたぬきうどんにしたけど、箸を入れただけで、私の手は止まる。

私は、再び資料に意識を向けた。

自分では、もう何度も目を通した。びっしり書き込みがしてあって、付箋《ふせん》もたくさん貼ってある。

企画会議は、隔月一回。次の会議は来月だけど、出すのであれば、そろそろプレゼンの準備を始めなければ間に合わない。

この状態でも、企画書に興せば、それなりに説得力のあるプレゼンができる自信はある。それをしないのは、穂高君に誤解されたままで、企画を挙げる気になれないからだ。

穂高君は、今の私の仕事に、なくてはならない人。彼に反対されてまで、無理に通したい企画じゃない。

この他に新しい案はないし、穂高君から連絡がもらえない以上、次の会議での発表は見送らざるを得ない。

「……はあ」

無意識の溜め息をもうひとつ重ねた、その時。

「どうした？　珍しく煮詰まってるみたいだけど」

頭上から、クスクス笑いと共に声をかけられ、私はハッとして顔を上げた。

Tシャツの上から白衣を纏い、定食のトレーを持った間中さんが、私の横に立っている。

「っ！　ま、間中さん！」

「お疲れ様。この間はどうも。意見もらえて助かった」

彼は軽い調子で挨拶をしてから、私の前の空席を見遣った。

「前、いい？」

「ど、どうぞどうぞ！」

私はとっさにそう返したものの、糸山さんもいるんじゃないかと、反射的に探してしまう。

間中さんは、私の向かい側に移動してから、「どうかした？」と訊ねてくる。

「い、いえ。なんでもないです」

私は慌てて首を横に振って、ぎこちなく笑顔を返す。

彼は私の前の椅子を引いて腰を下ろした。

「いただきます」と箸を持ち、早速食べ始めるのを見て、私は傍らに広げていた資料を手元に集めた。

お味噌汁を啜《すす》っていた間中さんが、それに気付く。

「それ、次の企画資料？」

「あ……ええと……」

「もしかして、この間の相談って、それのこと？」

ポンと手を打って問われ、私は黙って首を傾げ、視線を横に流した。

私の反応が曖昧で微妙だったせいか、間中さんが訝しそうに眉尻を上げる。

「冴島さん？」

「……ごめんなさい。実は穂高君に協力してもらおうとして、断られて。それで、間中さんにお願いしようなんて考えて」

なんだか後ろめたくて、歯切れ悪く説明すると、彼は瞬きで返してきた。

「歩武が、君の依頼を断った？」

「AQUA SILK の企画じゃないんです。まだそんな余裕ないだろって、穂高君に怒られちゃって」

間中さんは、「あーあー」と間延びした声を漏らして苦笑した。

「どうしたんだ、歩武のヤツ。AQUA SILK の企画じゃなくても、商品企画部の人間の仕事、俺たち研究員に止める権利もないのに」

それを聞いて、私は一度ゴクッと唾を飲んだ。テーブルの上で両手をギュッと握りしめる。

「誤解、されちゃって」

「誤解？」

「間中さんと一緒に創りたくて、企画したんだろって」

思い切ってそう返すと、間中さんは意味がわからないというように、きょとんとした顔をした。

「俺と？　そりゃあ光栄だけど、どうして」

困惑した表情を浮かべる彼に、私はグッと顔を上げた。

「私……初めて通った企画の商品、間中さんと創れるって思ってたんです」

「え？」

「あれは、間中さんの協力があったからこそ、通った企画だったので」

間中さんは、訝しげに瞬きを繰り返している。

「俺が？　……協力って、なんだっけ？」

間中さんは、私の言う〝協力〟を、即座に思い出せないようだ。

研究員は、日々、様々な実験に取り組んでいる。商品として世に出した後も、品質改良のための研究は果てしなく続くし、私のように、企画前に相談をする人も多い。

間中さんにとって、私の企画は、たくさんの依頼の中のひとつだ。私の夢を叶えてくれたことを、彼が覚えていなくても、がっかりはするけど仕方のないこと。

「あの時、私、間中さんにアドバイスを求めて。そしたら、お忙しいのに実験して検証してくれて」

「アドバイス……俺が？」

記憶を手繰る間中さんを、後押しするつもりで告げても、彼は目線を宙に漂わせたまま。

そして、

「冴島さんの、記憶違いじゃないかな。それ、多分俺じゃないと思うよ」

顎を撫でて思案しながら、そう結論づけた。

「っ、え？」

間中さんの予想外の反応に、私は戸惑って聞き返す。

彼は、困ったように眉尻を下げた。大きく目を見開く私の前で、箸と茶碗をトレーに戻して、テーブルに頬杖をつく。

「冴島さんにとっては、ものすごく大事なことだったのかな。それなら、申し訳ないけど」

「ほ、報告書」

　間中さんが、『ああ、あれか！』と言ってくれない焦りで、私は上擦った声を挟んだ。

「間中さん、報告書を送ってくれましたよね。〝応援してます〟って、手書きのメッセージを残してくれて」

「……？　メッセージ？」

　あの時、どれほど間中さんから力をもらったか。どうしてもそれを伝えたいのに、なかなか思い出してくれない彼に、気持ちばかりが先走る。

「〝君の夢が叶いますように〟って……！」

「うん。やっぱり、俺じゃないよ」

　半分腰を浮かせて続けた私の前で、間中さんは腕組みをして、うんうんと頷いた。

「っ、え？」

　彼の断定的な口調に怯み、私は中途半端な体勢でピタリと止まった。

　間中さんが、ふっと目尻を下げる。

「俺も、新商品の開発はおもしろいと思うんだけど。新しいものを生み出すのは、君たち企画の仕事。俺たち研究職のメインの仕事は、製品の品質管理と改良。これが、

「俺は、夢見る少女ではないし、大志を抱いた少年でもない。この間も言ったけど、仕事に〝夢〟なんてありゃしない。だから、冴島さんを激励するにしても、〝夢が叶いますように〟って言い方はしない」

熱く語る私をたしなめるような言い方に、私は呆然とした。

なかなか地味な作業でね」

間中さんは自分の答えに納得した様子で、再び箸を手に取った。

「まあ、そもそも、メッセージを残すなんてこと、したことないけど。もし気まぐれに書いたとしても、せいぜい〝企画が通るといいね〟くらいだろうな」

きっぱりと言い切ると、時間を気にしたのか、目を伏せて食事を始める。

「そう……でしたか」

私は、機械的に返答した。

途端に脱力して、ドスッと椅子に腰を戻す。

間中さんが言う研究職の役割は、頭や理屈ではよくわかるし、理解もできる。

でも、仕事に夢はないと言い切る彼に、私はショックを受けていた。

だって、私は間中さんのことを、私の夢を叶えてくれた魔法使いだと思っていた。

【君の夢が叶いますように】

間中さんじゃないなら、あのメッセージをくれたのはいったい誰なんだろう――。

胸の奥底からじわじわと混乱が湧いてきて、私は瞳を揺らした。

無意識に縋るものを探した私の脳裏に、穂高君がくれた言葉がよぎる。

『俺ならそれを、この先もずっと、もっともっと膨らませて、大きくしてやれる』

それは、私のもうひとりの魔法使いの言葉――。

途端に、ドクッと沸くような音を立てて、胸が弾んだ。一気に加速する拍動で、身体中隅々まで血流が巡《めぐ》る。体温が一度くらい上昇した気がした。

あの時のまっすぐな彼の目を思い出すだけで、胸が締めつけられる。

自分のそんな反応に戸惑い、私は無意識に胸元に手を当て、ギュッと握りしめた。

それが、視界の端に映ったのか。

「冴島さん。食べないの？　時間なくなるよ」

間中さんが、私の手つかずの冷やしたぬきうどんに目を遣る。

私はハッとして一度彼に正面から目を向け、小さく唇を動かして「はい」と返事をした。

やっぱり食欲はないけれど、のろのろと箸を手に持つ。

食事を進める間、沈黙が続くのを避けたくて、私は思い切って口を開いた。

「今日は……おひとりなんですね」

最初に相席の可否を問われた時に、訊ねるべきだったこと。かなり今さらで、それまでの話題とまるで掠りもしなかったからか、間中さんもきょとんとして、「え？」と聞き返してくる。

「最近、こっちでも、間中さんが糸山さんと一緒にいるの、よく見かけました」

彼は、ほんの一瞬虚を衝かれた様子で、グッと言葉をのんだ。

「……付き合ってるんでしょう？」

私が、答えを探って目線を上げると。

「ああ」

間中さんは、ややはにかみながら目元を綻ばせた。

「ちょっと前からね」

ごまかしもせず、照れくさそうに続ける。

それが、私の失恋の決定打だった。

なのに、胸がちくりともしないのは、どうしてだろう。

〝仕事に夢などない〟と言われたショックの方が、よっぽど大きかった。

ちょっと前から、私と彼の感性はきっと天と地ほども違うことを、薄々感じていた。

彼が私の魔法使いじゃなかったと知っても、むしろ心から納得できる。

そんな気分になる自分に、戸惑いながら……。

「あの。おめでとうございます」

私がお祝いを述べると、間中さんは恥ずかしそうに笑った。

「ありがとう。……で、そういう冴島さんは？」

「え？」

「彼氏、欲しくないの？　歩武とか、ダメ？」

直球で探られて、私は一瞬口ごもった。

逃げるように目線を逸らすと、間中さんがふっと口角を上げる。

「冴島さんの恋人は、今のところは仕事ってことかな？　もったいないな。君と歩武、本当にお似合いだって、糸山さんとも言ってたんだけど」

悪戯っぽく目を細める彼に、私は苦笑で返した。

「やっぱり、くっつけようとしてました？」

「そりゃあねえ。社が誇る名コンビが本物のカップルになったら、目出度いだろ？」

彼はニヤリと笑ってから、今度こそ本当に急いで食べ始めた。

それを見て、私も冷やしたぬきうどんに視線を落とす。

間中さんに穂高君のことを言われるたびに、自分が恋愛対象じゃないことを思い知らされ、何度も切なくなった。

だけど、はっきりと失恋した今より、穂高君に突き放されたあの時の方が、ずっとずっと悲しかった。

だから私は、間中さんに自ら訊ねたりしたんだろうか。彼に失恋しても、私はきっと傷つかないと、わかっていたから……。

「っ……」

私は、胸に込み上げるやるせない想いに、声を詰まらせた。

間中さんに気付かれないように、ゴクッと唾を飲んでごまかし、黙々と食事を進めた。


翌日、午後一時半から、AQUA SILKのブランド定例会議が始まった。

毎回冒頭で、営業と販売からの報告がある。今日はその後で、穂高君が研究報告に立った。

「企画の冴島から提案を受け、現行の口紅の色味調整に着手しました」

そんな前置きをして、穂高君はプロジェクターを操作した。

みんなが真剣にスクリーンを見つめる中、彼は資料に目を落としもせず、朗々と説明する。

「来年の春夏モデルからの改良を目指して、研究スケジュールを組んでいます」

終始淡々とした口調で発表を終え、質疑応答に入る。

広報部の男性が、挙手した。

「スケジュールの共有をお願いします。販売に間に合うようなら、広告制作もギリギリまで待ちますので」

穂高君は「わかりました」と答え、手帳を広げてメモした。

「ラボに戻り次第、現状でのドラフトをお送りします。進捗状況や、スケジュールの変更があれば、ご報告します」

「助かります」

広報部以外からの質問はなかった。

それを見て、穂高君は、「以上です」と発表を締めくくった。

今日は発言者も少なく、会議は予定より二十分ほど早く終了した。

メンバーたちが散会する中、穂高君は相変わらずマイペースに片付けをしている。

私は、彼の端整な横顔を盗み見た。

彼のペースに合わせて資料をまとめていたら、いつの間にか、会議室は私たちふたりきりになっていた。

声をかけるチャンスなのに、私は無意識に手元に目を伏せる。

なんて切り出そう。

話しかけるタイミングを図って、そっと彼に横目を流すと。

「冴島」

予期せず、穂高君の方から呼びかけてくる。

「っ、はい」

私は条件反射で背筋を伸ばし、まっすぐ彼の方に身体を向けた。穂高君は机を回り込んで、無言でこちらに歩いてくる。

縮まる距離に、私の胸がドキッと拍動した時。

「先週、悪かった」

私から目を逸らし、穂高君がクリアファイルを差し出してきた。

「え？」

私は顎を引いて、彼の手元を見つめる。

「お前が企画した商品は、これからも全部俺が創り出す、なんて言っておきながら、あんな言い方……。お前から大事な機会を奪うだけだったのに。ごめん」

真摯な謝罪に、おずおずと顔を上げる。

穂高君はファイルを私の胸元に突き出し、「ん」と促すような仕草を見せる。

「な、なに？」

私は右手を差し出し、彼からファイルを受け取った。

穂高君はスラックスのポケットに手を突っ込み、ゆっくり口を開く。

「お前が補助員に預けていった、資料の検証結果。悪いけど、実験は補助員に頼んだ」

「あ……」

目を通して、とメモはつけたけど、あれからなんの連絡もなかったし、やっぱり見てもらえないかな、と思っていた。

「よかった。穂高君、ちゃんと見てくれた……」

心の底から安堵して、ホッと息をつく。

嬉しくて、ついつい顔が綻ぶのを感じて、私は頬に片手を当てた。

「ありがとう、穂高君」

気分が高揚して胸が弾む。彼をまっすぐ見上げて、笑いかけると、

「結論から言うと、商品化にはハードルが高い」

「研究段階で？」

「企画は通ると思う。でも、研究段階で難航する。それがわかってるから、研究員として止める」

「え……？」

穂高君は目を伏せ、「そう」と頷く。

彼が言うには、原料の調達が難しく、代替資源の研究にコストと時間がかかるそうだ。そうなると、販売価格を上げざるを得ない。現状では、商品化するメリットがないと、淡々と説明してくれた。

「そ、っか」

穂高君に返した第一声が、喉に詰まった。

「来年、再来年には可能になるかもしれない。だから、ゆっくり取りかかれる後輩に任せるとか、今はじっくり……」

がっくりとうなだれた私を、励まそうとしてくれたんだろう。

穂高君が、そう続けるけれど。

「ありがとう。わかった」

私は気を取り直して顔を上げた。

「え？」と、彼の訝しげな声が頭上から降ってくる。

「穂高君の、言う通り。今は、AQUA SILK の商品に、専念すべきってことだよね」

そう言って、ぎこちなく笑いかける。

「冴島」

あっさり引き下がった私が、投げやりになっていると思ったのだろうか。

彼は、私の意図を探るように眉根を寄せる。

私は笑みを引っ込め、表情を引きしめた。頬のあたりが強張ったのが、自分でもわかる。

穂高君が、私をじっと見つめている。

彼の視線に晒されて、ファイルを抱える腕に無意識に力を込めた。

逃げるように目を落とし、小さく息を吸う。

そうして、意を決して……。

「穂高君。私、穂高君に拒まれて、間中さんにお願いしようと思った」

彼はわずかに息をのむ気配を見せたものの、口を噤んでなにも言わずにいる。

「そうするつもりで、ラボに行った。間中さんの試作品に意見する代わりに、私の企画も見てもらおうと思って」

「……だったらなんで、俺のところに置いていった？」

当然そう返されるのはわかっていたのに、私はグッと言葉に詰まる。

「この企画……俺より間中さんの方が、的確な助言ができたと思う。だって……」

「だから、違うの！　本当に……穂高君には信じてもらえないかもしれないけど、これは間中さんと創りたくて考えたわけじゃなくて」

冷静に言葉を重ねる彼を慌てて遮り、私は一度胸を上下させて息を吸った。

そうやって、自分を落ち着かせてから、再び目線を上げる。

「私ね、失恋しちゃった」

そう続けると、彼はハッとした様子で目を見開いた。でも、かける言葉が見つからないというように、つっと目を逸らしてしまう。

それを見て、私は「はは」とぎこちなく笑ってみせた。

「そんな顔しないで、穂高君。間中さんにとって、私は恋愛対象にないのは前から感じてた。それに……私とは、考え方も感性も違う人なんだなって、言動の端々から、伝わってきてたんだ」

明るくさらっと伝えるつもりだったのに、彼の反応を気にして緊張したせいで、少し喉に引っかかってしまった。

「……好きだって、言ったのか？　間中さんに」

それを最後まで聞いてから、私は黙って首を横に振った。

「だから、俺のこと好きになれって言ったんだ」

私の反応を確認して、穂高君が短い溜め息をつく。

「冴島が、間中さんに気持ち言えないまま失恋して、ショック受けるの見るくらいなら、って……」

「言えなかったんじゃない。言わなかったの」

やるせないといった様子で声を絞る彼を、私は落ち着いて遮った。

穂高君は、虚を衝かれたように、「え？」と短く聞き返してくる。

「四年前、私の企画のために実験してくれたこと、間中さん、覚えてなかった」

私は、ちょっと自嘲気味に笑った。

「報告書に、激励のメッセージを残してくれたことも」

穂高君が、こくっと喉を鳴らしたのが聞こえる。

「間中さんは、あの頃からたくさんの実験を抱えてた。グループ長として、他のメンバーの案件も進捗フォローしなきゃいけなかったから、覚えてなくても仕方がな……」

「わかってる。覚えててもらえなかったのが、ショックなんじゃない」

間中さんをかばう穂高君にそう告げて、目線を横に流す。

「思い出してほしくて、全部話したの。そしたら間中さん、『やっぱり俺じゃない』って」

「え？」

「間中さん、仕事に夢はないって。激励するにしても、〝夢が叶いますように〟って言い方はしないって」

それは、穂高君にも、フォローのしようがなかったんだろうか。

ひゅっと音を立てて息をのみ、絶句している。

「だから、言わなかった。間中さんは私の夢を叶えてくれた、魔法使いじゃなかった。私の、勘違いだったんだから」

私は明るく声を張って、彼を仰ぎ見た。

穂高君は、男らしい喉仏を上下させて、私を見つめている。

私は、「はは」と乾いた声で笑ってから俯いた。

顔の横に垂れた髪を無意識にかき上げ、生え際でギュッと握りしめる。

「でも、穂高君、は」

急に込み上げてきた緊張で、喉がカラカラに渇いていた。喉に声が貼りついてしまい、途切れ途切れにしか出てこない。

穂高君が、戸惑い混じりに、「え？」と聞き返してきた。

私はごくんと唾を飲んで喉を潤し、思い切って一歩前に踏み出す。

「穂高君は、仕事に熱く夢を語った私を、笑わなかった。それどころか、もっと大きくしてやるって、言ってくれた」

それを思い出して、やっぱり私の胸はきゅんと疼く。

私の中で眠っていた熱情が、湧き上がってくる。

「穂高君って、意外と私と似てるとこあるのかな、って。嬉しかったの。すごく」

私は、穂高君の上着の裾をギュッと掴んだ。

「冴島」

「私の最初の企画を一緒に創ってくれたのが、穂高君で本当によかった。心から、そう思えたの」

穂高君は瞬きもせず、私を呆然と見つめている。

「穂高君は、私に夢の続きを与えてくれた。これから先もずっと、一緒に魔法のアイテムを創り出してくれる、大事な人」

私は、彼の上着が皺になってしまいそうなほど、手に力を込めた。

「だから、AQUA SILKも他の企画も……私、全部全部、穂高君と一緒がいい。穂高君じゃなきゃ……！」

「しっ」

言い募る私の唇の前に、穂高君が人差し指を立てた。

静かに制され、喉まで出かかった言葉をのみ込む私を、彼が鋭い瞳で射貫く。

「そういうこと、俺に言ったらどうなるか……覚悟はある？」

彼はやや硬い表情で、静かに探りかけてくる。

「冴島は、仕事のことだけのつもりで言ってるんだろうけど……俺は、そばにいる立場を利用して、お前の傷心に付け込むよ」

なにか決意が滲む穂高君の低い声に、私の心が揺さぶられた。

胸が震え、疼くように拍動したのを皮切りに、ドキドキと急激に加速していく。

「うん。……いいよ」

私は穂高君にまっすぐ目を合わせ、一度小さく頷いた。

「私、穂高君のこと、ものすごく好きになりたい。穂高君と、恋をしてみたい」

猛烈に速い拍動を繰り出す胸が苦しくて、痛みすら覚える。

それでも、必死に笑みを浮かべた私に、穂高君は一瞬グッと顔を歪めた。

そして――。

私の頭の後ろに手を回し、勢いよく引き寄せる。穂高君の肩に、私の額がトンとぶつかった。

「今夜。俺の家に来て」

ハッと息をのんだ私の耳元に、彼が掠れた囁きを落とす。

短く早口な誘いに、ドキッと胸が弾んだ。

声を詰まらせ、とっさに返事ができない私に、

「本社まで迎えに行く。……逃がさないから」

一方的に約束を押しつけ、穂高君は私から手を離した。顔を真っ赤に染めて、胸元で資料をぎゅうっと抱きしめる私の横を、スッと通り過ぎていく。

彼が残した微かな風が、頬をくすぐる。

そんな感覚にも、私の胸の鼓動は高鳴ってしまう。

「っ、穂高、く……！」

ぎこちなく途切れる声で呼びかけた時、もう穂高君は廊下に出ていて。

大きな歩幅でまるで弾むように駆けていく足音が、会議室からどんどん遠ざかっていった。

その夜――。

「んっ、あ……」

穂高君の家の寝室に入った途端、私は唇を塞がれた。

らしくないほど急いた様子で、彼が尖らせた舌先で唇の隙間をこじ開け、侵入してくる。

私はほとんど抵抗できないまま口内を蹂躙《じゅうりん》され、舌をからめとられてしまう。

「ふ、あっ……」

こんなに激しく情熱的な穂高君は、初めてだ。

もう何度目かの熱いキス。強く求められる感覚に、私の胸はきゅんきゅんと疼いてしまう。

全身に火が点いたように熱を帯び、背筋にはゾクゾクと戦慄が走る。

足がガクガクと震えて立っていられなくなり、私は無意識に穂高君の両腕にしがみついた。

彼は、そんな私に、容赦なくグイグイ踏み込んでくる。

ふわふわした足がもつれる。ふらつきながら後退して、すぐにベッドにつまずいた。

「きゃっ……」

私は後ろにぐらっと傾き、小さな悲鳴をあげた。

とっさに目を閉じた瞬間、ベッドに倒れ込んだ。その衝撃で、マットレスの上で軽く身体が跳ねる。

目を開けると、ベッドに両腕を突っ張って私を見下ろしている穂高君が、視界いっぱいに映り込んだ。

「っ……穂高、く」

ベッドに組み敷かれた体勢で、彼を見上げているこの状況に、否応なく胸が跳ねる。

「冴島を、俺だけのものにしたい。もう、遠慮はしないから。覚悟、決めて」

穂高君は、短く区切るように言って、ベッドに膝をついて乗り上げてきた。

私の顔の横に両肘をついて囲い込み、短いリーチからキスを仕掛けてくる。

「んっ、あ……」

胸の奥底に潜めていた熱情を迸《ほとばし》らせるような、深いキスに翻弄される。

私は応えるのに必死で、もうなにも考えられない。

思考が、麻痺《まひ》していく――。

彼の唇が離れていくけど、私たちはお互いを追いかけて、舌先を最後まで触れ合わせたまま。

穂高君は、ベッドを軋《きし》ませて膝立ちになった。大きく胸を喘《あえ》がせ、息を乱す私を見下ろしながら、シュッと音を立ててネクタイを抜き取る。

どこかもどかしげにシャツのボタンを外す彼に、私の鼓動のリズムが狂う。

穂高君は、シャツとインナーを一緒にまくり上げて、頭から脱ぎ捨てた。

ぶるっと頭を振って、乱れた髪を揺らす。

「お望み通り。俺のこと、ものすごく好きにさせてやる」

抑えられない情欲で、赤く染まった目の下に、大人の男の色香が匂い立つ。

ゾクゾクするほどの色っぽさに、私の胸の拍動はドキドキと加速度を増していく。

穂高君が、再び覆い被さってくる。

筋張った手で脇腹を撫で上げられ、ビクビクと断続的に身体を痙攣《けいれん》させながら、

「ほ、穂高く、待って、待って……」

私は、彼の下で必死にもがいた。

穂高君は一度身体を起こして、半泣きの私を見下ろし、ごくんと喉仏を上下させる。

「嫌だ。焦らすな」

私のカットソーをまくり上げる腕に手をかけると、彼が短い拒否を示した。

ベッドサイドに置かれたルームライトが生み出す柔らかい間接照明の中で、穂高君

の姿がぼんやりと浮かび上がる。

「この期に及んで、怖気《おじけ》づいた？　でも、俺……」

「そ、そうじゃなくて！」

掠れた声をあげると、彼も「ん？」と耳を貸してくれる。私は彼の腕から手を離し、胸元をギュッと握りしめた。

「あの……。私、こういうこと、本当に久しぶりで」

自ら申告する恥ずかしさのあまり、つっと横に目を流し、ボソボソと呟く。

「え？」

穂高君はきょとんとして、ピタリと動きを止めた。

「だから、その……。きっといっぱいいっぱいになって、なにもできないと思うのね。穂高君が気持ちよくなかったら、ごめ……」

「……はあああ」

身を縮こませ、前置きして謝罪する私を、穂高君の大きな溜め息が遮った。

そのまま、がっくりとこうべを垂れる彼に。

「あの、穂高君……？」

ベッドに肘をついてわずかに上体を起こし、恐る恐る呼びかけると。

「反則だろ……」

穂高君は口を手で覆い、半分以上顔を隠して、私から目を逸らした。

手の平に邪魔されてくぐもる声に、私は耳を傾ける。

「そういうのは、女が気にすることじゃないの」

穂高君は、なにか苦悶するように目を閉じ、もう一度お腹の底から息を吐いた。

「お前、いい年してわりとリリカルだし、長いこと見てるだけで、秘めた片想いしてるような臆病者だし」

なんのスイッチが入ったのか、なんだか早口でまくし立てる彼に、私はただ瞬きを繰り返す。

穂高君は口から離した手で、わりと乱暴にガシガシと頭をかいた。頭のてっぺんの髪が乱れ、前髪がさらっと揺れる。

「……まあ、秘めた片想いは、俺も同じか」

なにか忌々しげに、チッと舌打ちをした。

「あ、あの。穂高君？」

やっと言葉を挟む隙を見つけて、私はそっと呼びかけた。

穂高君は拗ねた顔をして、私をまっすぐ見下ろしてくる。

「会社では、美人で仕事がデキるイイ女のくせに。なのに、今のなに。なんなのお前、かわいすぎ。男なら誰でも瞬殺されて、余裕ぶってらんなくなる」

「っ……」

「好きだ、冴島」

穂高君は急いたように私の首筋に顔を埋め、耳元で囁いた。

甘やかな吐息に耳をくすぐられ、私の胸はドキッと跳ね上がる。

「ほ、だか、くん」

声が喉に引っかかるのを意識しながら、彼の首の後ろに手を回し、強くしがみついた。

穂高君も、私を固く抱きしめてくれる。限界を超えて高鳴る鼓動が、直接肌から伝わってしまいそうだ。

「……冴島、力抜いて」

彼が、私の耳元で囁いた。

「これでもかってくらい、大事に抱くから」

どうしよう。

心臓が、壊れそう――。

『余裕ぶってられない』なんて嘘みたいな、優しく甘美な愛撫《あいぶ》に、私の身も心も溶かされていく。

視覚も聴覚も、五感のすべてが彼一色に染め上げられる。

そして、思考までも……。

私はあっという間に、穂高君のこと以外、なにも考えられなくなった。

加速度を増す恋

肌に浮いた汗に引っかかるような、どこかたどたどしい指の動き。

ちょっと焦れったい感触に覚醒へと導かれ、うっすらと意識が戻ってくる。

「ん……」

くすぐったさを感じて、身を捩《よじ》って逃げる。

寝返りを打って身体を丸めると、私のものではない温もりが、背中から伝わってきた。

「ん、なに……」

ぼんやりと目を開けたのと、掠れた声を漏らしたのは、どちらが先だったか。

「起きた？」

すぐ耳元で甘やかな低い声が聞こえて、私は反射的にビクッと身を竦ませた。

「……えっ」

「おはよう、冴島」

ハッとして肩越しに振り返った途端、朝の挨拶を紡ぐ唇が目蓋を掠める。

とっさに閉じた目をバチッと開くと、ベッドに立てた片肘でこめかみを支え、上体を起こしている穂高君のドアップが視界に飛び込んできた。

「っ……ほだ……⁉」

「あ。なんだよ、その反応。まさか、寝て起きたら昨夜のことはすべて忘れました……って言うんじゃないだろうな」

一瞬前は妖《あや》しいほど艶《つや》っぽく見えたその端整な顔を、ムッと不機嫌に歪ませる。

こんな穂高君を見るのはもちろん初めてで、私の胸はドッドッと激しく騒ぎ始めた。

慌てて顔を前に向け直して、ブンブンと首を横に振る。

「お、覚えてます。ちゃんと」

言わされる形で答えると、昨夜の記憶がまざまざと脳裏に蘇ってくる。

今まで、ただの同期で仕事の相棒でしかなかった穂高君と、私は――。

途端に、私の身体がボッと熱を帯びた。

「よかった」

穂高君はふふっと笑って、後ろから私をぎゅうっと抱きしめてくる。

私の背中にぴったり重なる、引きしまった厚い胸板。

「っ」

彼の逞《たくま》しい腕の中で、私は身体を強張らせた。

「ほ、穂高君。離して」

「嫌だ」

なのに彼はどこか弾んだ口調で呟き、私の肩に顔を埋めてきた。

「んっ……、穂高く……」

首筋に穂高君の唇を感じて、私は鼻にかかった甘ったるい声を漏らしてしまう。

「確認しておきたいことがある」

彼の唇が、私の耳をくすぐる。

「な、なに？」

肩も首も縮める私に、彼がふっと吐息を漏らした。

「昨夜は、そんな余裕も吹っ飛ばされたのが不覚だけど」

「え？」

私はもう一度、穂高君を肩越しに見遣った。

彼は私の肩から顔を上げて、至近距離からまっすぐ射貫いてくる。

「俺のこと、ものすごく好きになりたい、って言ってくれたよな。俺は、その……そういうつもりでいるんだけど」

「そういう……？」

「今日……いや、昨夜ここに来る前から。冴島は、俺の彼女になった、ってことで、いいんだよな？」

「……‼」

ためらいがちに確認されて、私はひゅっと変な音を立てて息を吸ってしまった。

「え？　まさか、違う？　俺のこと好きになるって宣言して、俺に抱かれたってことは、そういうことでいいんだろ？」

穂高君が、私の反応に焦った様子で畳みかけてくる。

そんな彼に、私の胸はドキドキと早鐘のように高鳴ってしまう。

そして。

「う、ん」

私は彼から逃げるように目を逸らし、小さく頷いて返した。

昨夜を境に、劇的な変化を遂げた穂高君との関係。改めて向き合ってみると、なんだか気恥ずかしくてたまらない。

なのに。

「……よかった」

穂高君は、本気で安堵したような息を漏らし、私の身体に回した腕に再び力を込める。

「ほ、穂高く……」

「これから先のお前、全部俺のものだ。……美紅」

突然名前で囁きかけられ、私はビクッと身体を震わせた。

「え？　あの、ほだ……」

「俺の彼女でいいんだろ。これからは、そう呼ぶから」

私の呼びかけは、有無を言わせない早口で遮られる。

「お前の名前ってさ。化粧品の企画するためにつけられたみたいだなって思ってた」

「っ、え？」

「ご両親、どんな考えで名付けたんだろ？　もしかして、遠い昔から今のお前を想定してたのかな、って。ずっと、呼んでみたかった。……美紅」

らしくなく浮かれた調子で、私の名を何度も口ずさむ穂高君に、なんともくすぐったい、淡い思いが胸に広がる。

「ず、っと、って」

どうしようもなく照れくさくて、私はボソッと独り言ちた。

それを聞き留めた彼が、「え？」と聞き返してくる。

「穂高君って。その……いつから私のこと、好きだったの？」

そおっと振り返りながら訊ねると、彼がグッと言葉に詰まった。そして、私の視線から逃げるように、つっと横に目線を流す。

「え？　穂高君？」

その反応が不可解で、名前を呼んで畳みかけてしまう。

「それ……言わなきゃ、ダメ？」

なんだか歯切れの悪い返事に、私は何度も瞬きをした。

「え、っと。ダメ、ってことは」

でも聞きたい。

そんな思いは胸の奥に隠して、そう呟く。

でも、微かな不満が声に滲んでいたのだろう。穂高君は無言でわずかの間逡巡してから、小さく息を吐いた。

「お前が、本当に俺に堕《お》ちたら」

唇の先で紡ぐ不明瞭な声に、私は耳を澄ます。

「その時、白状してやるよ」

そんなひと言を残し、穂高君は私を抱きしめる腕を解いた。

「え？」

聞き返す私に背を向け、逆サイドからベッドを降りる。

黒いボクサーパンツしか身につけていない、彼の引きしまった裸体が目に飛び込んできて、私は慌ててタオルケットを頭から被った。

その向こうで、彼がクスッと笑った気配を感じる。

「朝メシ、トーストしかないや。おにぎりじゃないけど、いい？」

そんな声がかけられ、私はそおっとタオルケットから顔を出した。

穂高君は、すでにルーズパンツを腰で穿いていて、ベッドの足元を通って寝室のドアに向かって歩いていく。

「え？　あ、あの。お構いなく……」

とっさにそう返した私を、彼はドアに手をかけながら振り返った。そして、どこか無邪気な、はにかんだ笑みを浮かべる。

今まで見たこともない表情に、ドキッと胸を弾ませる私に。

「一緒に朝メシ食って、仕事行こう。美紅」

彼はためらうことなくそう言って、小首を傾げた。

それから穂高君お手製のスクランブルエッグとトースト、コーヒーの朝食をとった。

私は昨日と同じ服だけど、家に戻って着替えるほど、時間に余裕はない。

会社のロッカーに、不測の外出で身につけるサマージャケットを置いておいてよかった。ちょっと暑苦しいけど、あれを着れば、なんとかごまかせるだろう。

そう考えて覚悟を決め、私たちは一緒にマンションを出た。

彼のマンションは、オフィスを挟んで私の家とは反対側に位置している。

いつもとは違う通勤経路。電車の窓の外を流れる景色も、見慣れなくて新鮮だ。

朝起きて、身支度をして、会社に行く。普段と変わらない日常に、今朝は劇的な変化が生じている。

今、私の目の前に、背の高い穂高君が、聳えるように立っている。

朝から彼と電車に乗って、向き合っていることに現実感がなく、気恥ずかしい思いばかりが強まる。

朝の通勤時間帯、電車は満員で、私たちはたくさんの乗客に囲まれている。

電車がポイントを通過してガタンと揺れるたびに、後ろの人の体重が背にかかる。

私は穂高君の上着をギュッと握りしめ、必死に耐えた。

「美紅、大丈夫か？」

すぐ頭上から、彼が心配そうに声をかけてくれる。

周りを憚っているのか、穂高君の声がいつもより低く聞こえる。

私は頷いて返事をしてから、「穂高君」と呼びかけた。

「私ね、やっぱり、あの企画諦めない」

電車の揺れに任せ、彼に身を委ねるような体勢で、コソッと呟く。

「え？」

穂高君が、顎を引いて私を見下ろす。

「原料の調達が難しいなんて、思ってなかったけど。それがハードルになるなら、時間がかかっても、企画案調整してみる」

早口でそう言って、彼の上着を握る手に力を込めた。

頭上で、小さな吐息の音が聞こえる。

「まったく、お前は……」

「私たち、名コンビだよね？　私と穂高君なら、難しくても乗り越えられるって自信があるから。……もちろん、協力してくれるよね？」

私も喉を仰け反らせて見上げると、穂高君と宙で視線がぶつかった。

彼は目を細めて、困ったように微笑む。

「もうただのコンビじゃないって自覚はある？」

悪戯っぽい目で確認され、私は一瞬虚を衝かれてドキッとしてしまう。

「あ、当たり前じゃない」

胸を張って答えたいところだけど、この満員電車の中ではそうもいかない。コソコソと、内緒話をするような声量になってしまった。

それでも、私の意思がちゃんと伝わったのは、彼が嬉しそうに笑うからわかる。

その時、ガタンと電車が一度大きく揺れた。私は後ろからドンと押されて、足の踏み場を変えられないまま、穂高君の方につんのめってしまい……。

「大丈夫か？　いいから、俺に寄りかかってろ」

穂高君は、私の背中にサッと腕を回し、かばうように支えてくれた。

「っ、ご、ごめん」

彼の肩口に額をぶつけた状態で、とっさに謝ったものの……。

不可抗力とはいえ、通勤電車で抱き合うような格好になってしまい、私の心臓はドッドッと激しく打ち始める。

混雑した車内で、周りの乗客は狭いスペースでスマホを操作したり、ゲームをしたり、はたまた立ったまま寝てる人もいる。

みんな自分に精一杯で、周りを気にする人なんかいないかもしれないけど。

今の私たちが、人の目にどんな風に映るか。

それを意識したら照れくさくて、私は穂高君の視線から逃げ、顔を伏せた。

昨日までとは違う。ただのコンビじゃない。

恋人に変わった穂高君は、私の想像以上に大きくて逞しくて、力強い。頼もしいのにとびきり甘くて、私の鼓動を高鳴らせる。

穂高君と恋をしてみたいと強く願った時からずっと、ときめきは止まらない。

朝からいちいちきゅんとする自分が恥ずかしくて、私は穂高君の胸に両手を当て、彼のスーツをギュッと握った。

どさくさに紛れて、気付かれないようにしがみついた。


蒸し暑い上に大混雑で、殺人的な通勤電車から解放され、私は穂高君と並んで、オフィスに向かって地上の通りを歩いた。

夏本番。東京の街に降り注ぐ太陽は朝から猛威を奮い、まだ朝だというのに、グレーのアスファルトには陽炎《かげろう》が立ち上っている。

ギラギラの陽射しに肌が焼かれ、なんだかジリジリする。足元からも熱気が上ってくる中、私たちはのんびりと会話しながら歩を進めた。

本社ビルまでは、駅からまっすぐ。別棟に行く穂高君とは、途中でお別れ。分岐路で一度立ち止まり、「またね」と手を振って、彼の背中が見えなくなるまで見送った。

私を追い越していったサラリーマンが、なんとも怪訝そうな顔をして、振り返っている。怪訝を通り越して不気味そうにも見えるから、心の中で『なによ、失礼ね』とムッとしたものの……。

「っ！」

私が不気味がられる理由は、すぐに思い当たった。

穂高君を見送っている間ずっと、顔の筋肉が緩んでいたせいだ。

朝から身体にこたえる酷暑に見舞われた、このオフィス街のど真ん中で、緩みっ放しの顔でニヤニヤしていた私は、そりゃあ気味が悪いだろう。

浮かれすぎてるのを自覚すると、猛烈な恥ずかしさが込み上げてくる。顔も身体も火照っていて、頭のてっぺんから湯気が立ちそう。

焦った私は、無駄にきびきびと踵を返した。

今まで、なによりも仕事優先だった私が、なにを浮き足立ってるんだか。

自分に呆れ、パチパチと頬を叩いて叱咤《しった》するものの、やっぱり心が躍るのは抑えられない。

両手で頬を挟んで立ち止まり、「はあ」と息を吐いた。

――浮かれる自分も、許してあげたい。

この七年、私は仕事優先で、恋は切り捨ててきた。でも、プロジェクトチームも一緒の穂高君となら、顔を合わせる機会はたくさんあるから、きっと……。

「い、いやいや！　仕事は仕事。業務中にどうこうとか、ないし！」

仕事中も会えるからなんて考えがよぎった自分に、私はさらにツッコミを入れる。

それでも、オフィスラブの世界につきものの、社内であれこれ……なんて妄想は広がってしまう。

朝っぱらから、なんてことを考えているの、私……。

らしくない、とんでもない妄想をかき消そうと、頭の上で手を払った、その時。

「おはようございます。朝からなにやってんですか？　美紅さん」

いきなり後ろから声をかけられ、私はビクッと身を震わせた。

「えっ⁉」

反射的に大きく振り返ると、そこに篠崎君が立っていた。私の反応に驚いた様子で、ギョッと目を丸くしている。

「な、なんですか。その驚きよう……」

「あはは。ご、ごめん。おはよう、篠崎君」

私は慌てて取り繕って、白々しいほど乾いた笑い声をあげた。

私の挙動がよほど不審なのか、篠崎君はなにやら疑心に満ちた目で、じっとりと見遣ってくる。

まさか早速、昨日と同じ服装だって、気付かれたんじゃ……。彼の視線に晒され、変な汗が背筋を伝う。

「……ま、いいや」

だけど、篠崎君はひょいと肩を竦めて、私の隣に並んで歩き出した。

気に留める様子もないから、私は彼にバレないようにホッと胸を撫で下ろす。

手をヒラヒラさせて、火照った頬に風を送っていると。

「美紅さん、来月の企画会議、どうしますか?」

篠崎君が、私を見下ろして訊ねてきた。

私の思考のスイッチを仕事モードに切り替えてくれる篠崎君に、地味に感謝する。

「今回は、準備不足」

シャキッと背筋を伸ばして答えると、篠崎君が「へえ」とよくわからない反応を示した。

「そうなんですか。意外～」

別に私は毎回企画を挙げる常連じゃないけど、出すのが当然とでも思われているんだろうか。

「考えてた案はあるんだけどね。今は、大事に温める時かなって、思い直して」

満員電車の中で、穂高君にも宣言したことを思い出し、胸を張ってそう告げる。

篠崎君は納得してくれたのか、何度か「うんうん」と頷いた。

「じゃあ、次の目玉は古谷さんになるのかな」

「え？」

顎を撫でながらなにか思案する彼に、私は瞬きを返す。

「ああ……。昨夜、美紅さん、なんだか急いでて、バタバタ帰っていったから聞いてないか」

昨夜……穂高君に、本社まで迎えに行くと言われた。終業間際、私も気持ちが急いてしまい、篠崎君の言う通り、バタバタとオフィスを飛び出したことを思い出す。

「う、うん。そうね……」

その後のことまで芋づる式に記憶が蘇ってきて、私はドキドキしながら返事をした。

「ふうっ」と息を吐く私の隣で、篠崎君がその先を続けてくれる。

「なんか、次の企画は、絶対的に自信があるとか」

「絶対的に？」

篠崎君の言葉を繰り返して訊ねたのは、ちょっと訝しい気持ちになったからだ。

私も、自分の企画は自信を持って挙げているけれど、彼女がそこまで言い切れる理由がなんなのか、わからない。

〝絶対的〟な、自信……。

私が初めてそういう気持ちで会議に挑めたのは、〝魔法使い〟の力を得た時。

彼女も誰かに協力してもらったんだろうか？

思考を巡らすと、やっぱり『あれは誰だったんだろう？』という疑問に行き着く。

そんな私の前で、篠崎君は外国人みたいに両手を上げる仕草を見せて、ひょいと肩を竦めた。

「みんなも興味津々で、『どんなの〜？』って聞いてたんですけどね。古谷さん、『会議までは秘密』ってもったいぶって。よっぽど自信あるんでしょうね。……いいなあ」

最後はなにやらがっくりとうなだれる。

「俺も、そんなに胸張って企画会議に出れたらいいのに」

そうボヤく彼に、私は黙って微笑んだ。

篠崎君の企画は、発想は悪くないのだけど、いつも詰めが甘くて、落選し続けている。頑張っているのはわかるから、あまりしょげずに会議に臨んでもらいたい。

「……よし」

私は、ギュッと拳を握って呟いた。

「私、来月は企画出さないから、篠崎君のフォローするよ」

途端に、「えっ⁉」とひっくり返った声が返ってきた。

「マジですか⁉　やった！　美紅さんが手伝ってくれるなら、百人力です‼」

篠崎君が、まるで尻尾を振った子犬に見えて、思わずプッと吹き出してしまった。

今回は後輩育成に回って、篠崎君の企画をフォローする。

うん、それも正しい。

「百人力は、言いすぎ。でも、そのくらいになれるように、私も頑張るね」

そう言って、「行こう」と彼を促す。

「はいっ‼」

私はまだクスクス笑いながら、前方に聳え立つ本社ビルに向かって、大きく一歩踏み出した。

穂高君と〝恋人〟になった後も、お互い仕事が忙しいのに変わりはない。

夜も研究で遅くなることが多い彼とは、平日はなかなかゆっくり会えない。

そうこうしているうちに、なんの約束もしないまま、会社の夏季休業期間に入ってしまった。

付き合い始めてから、まだほんの二週間ほど。

ふたりで夏休みの予定を立てることはできなかったけれど、近場にお出かけするくらいの、普通の週末のようなデートはできるはず！

休みに入る前日の夜、私は思い切って彼に電話をしてみた。応答を待ちながら、穂高君の方から誘ってほしかったなと、心の中でほんのちょっとだけなじる。

何度目かのコールで、やっと穂高君が《もしもし》と電話に出てくれた。

意味もなく緊張しながら、夏休みのお伺いを立てると……。

《あ〜、悪い。俺たち研究員、夏休みないんだよ》

「ええっ……⁉」

予想だにしなかった返事に、私は一瞬固まった。

うちの会社は、日本各地にある工場の操業停止期間に合わせて、毎年お盆は全社一斉で夏季休業になる。でも、研究開発部の足並みは揃わないということだ。

《全員一週間休んでたら、研究途中の菌が死ぬしね。毎日継続して記録取らなきゃいけない案件もあるし。妻子持ち優先で休暇取るおかげで、独り身は出勤なの》

確かに、研究員は普段から二十四時間裁量勤務制だけど……。

私は、スマホを持ったままがっくりとうなだれた。

好きって言ったのは穂高君の方なのに、夏休みのお誘いをしてくれなかった理由が、ここにあった。

そりゃあ、穂高君はお仕事なんだもの。誘ってくれなくて当然、当然！と、そこはホッとしたものの……。

〝彼〟がいる、久しぶりの夏休み。一日も会えないなんて、寂しすぎる。

むしろ、会社にいる方が、会議もあるし会いやすいとは、思わぬ誤算。

スマホを耳に当てたまま、「うー……」と小さく唸《うな》ってしまう。

私の方ががっかりしているというこの状況、なんだかとても悔しくてたまらない。

すると、スマホから、彼がクスッと笑う声が聞こえてきた。

《美紅、水曜日は空いてる？》

「水曜？　う、うん……？」

テーブルの上の卓上カレンダーに無意識に目を遣りながら、語尾を上げて返答する。

《水曜なら半休取れる。午後からでよければ、デートしよう》

「……！　うんっ」

本当は心待ちにしていた穂高君からのお誘い。私はつい声を弾ませてしまった。


そして、迎えた水曜日――。

「……美紅。重い」

私の背中で、穂高君が顕微鏡を覗いたまま呟いた。

それを聞いても、私は無言で、さらに強く彼に寄りかかってやる。

「本当に、重いんですけど」

「女性に重いなんて、失礼です」

「わざわざ力いっぱい寄りかかってるだろ。もうちょっとだから、待てって」

今、穂高君は、増殖に成功したという菌の観察に夢中だ。

『昼前には出られるから、外で一緒にランチしよう』と言ったのは、穂高君なのに。

ウキウキしてラボまで迎えに来た私は、研究室に通してもらった途端、意味もわからず白衣を着せられ、かれこれ二時間放置されたまま。

考えてみたら、研究中の穂高君を見るのは、初めてだ。ちょっと新鮮な気分で、彼の真剣な横顔に魅せられていたのは、最初の三十分だけ。

二時間経っても、穂高君が実験の手を止める様子はないし、話しかけても生返事。

彼とのランチを楽しみに、朝食を抜いてきたから、お腹も空いた。

すっかり不機嫌になった私は、穂高君の後ろの丸椅子に座り、彼の背中に寄りかかるという行動に出た。

研究の邪魔はしたくないけど、せっかく一緒にいるのに、この二時間、彼の視界をなんだかわからない菌に占領されたまま。そりゃあ私だって、拗ねる。

もうほとんど仰け反った状態で体重をかけると、さすがに「うぐっ」と呻くのが聞こえた。

「みーくー……」

「もう、いい。出かけるの無理そうだから、私、帰る」

穂高君のじっとりとした声を聞いて、私は弾みをつけて立ち上がった。

ようやく顕微鏡から目を離した彼が、「え？」と私を振り仰いでいる。

「美紅」

「邪魔してごめんなさい。頑張ってね」

私はプイッと顔を背け、自分のバッグを引っ掴んだ。

ドア口に向かいながら白衣を脱ぎ、途中のテーブルの上にバサッと置く。

「美紅、ちょっと待て。本当に、あと十分……」

焦った様子で呼び止めてくる穂高君を振り返らず、私は研究室を出た。

なによ、なによ。穂高君って、釣った魚にえさはやらないって、そういうタイプ？

ラボを後にしてしばらくは不機嫌がおさまらず、プリプリしていたものの……。

「なに、我儘《わがまま》になってんの、私……」

ヒールの踵を無駄にカツカツと打ち鳴らし、いつもの通勤経路の大通りに出た途端、私は激しい自己嫌悪でがっくりとこうべを垂れた。

お盆休みで休業中の会社が多いといっても、もちろん稼働しているところもある。

昼下がりのオフィス街の通りは、いつもよりだいぶ少ないけれど、サラリーマンやOLが行き交っている。

彼らの邪魔にならないよう、通りの端に寄って足を止め、額に手を遣って「はあ」と溜め息をついた。

私は夏休みだけど、穂高君は仕事。

私がいようがいまいが、彼はいつもと変わらず実験に没頭していただけ。

彼がそうやって研究に打ち込んでくれるから、私も仕事に夢を持って頑張れるのだ。

なのに、ちょっと放っておかれただけで、なんでこんな子供みたいな我儘を……。

「なんだか、私の方が好きみたい」

悔し紛れに、ボソッと呟く。

拗ねた声を自分の耳で拾った途端、頬がカッと火照った。

そうだ。私のこれって、恋人に構ってもらえない不満ゆえの我儘だ。

穂高君の恋人宣言から、まだほんの二週間。しかも、一緒にゆっくり過ごせた時間はなかったのに、あの時よりも彼を好きだと思っていることを自覚する。

今までの穂高君は、私にはいつも一線置いて、つれなく素っ気なかったけれど、私は彼を信頼していたし、もっと砕けた付き合いがしたいと思っていた。

そこにはもちろん、一緒のチームで仕事をする同期としての好意があったからだけど、恋愛対象として意識したことはなかった。

なのに——。

穂高君に好きだと言われた時から、私の中で、彼の存在は確実に変化していた。

私の恋心に灯った火は、勢いよく一気に燃え上がっている。私の〝好き〟の方が、穂高君よりも勢いがあって加速している。

彼よりも、私の方が好きになるのは、時間の問題かもしれない。なのに、こんな我儘な私を見せたら、嫌われてしまう……！

すぐに戻って、謝らなきゃ。

激しい焦燥感に駆られ、回れ右をしようとした、その時。

「美紅っ！」

いきなり後ろから肘を掴まれ、グイと引っ張られた。

「きゃっ……！　え？」

勢いに任せて振り返ると、誰かとぶつかりそうになり、私はとっさに短い悲鳴をあげた。一瞬後で、それが穂高君だと気付き、目を瞬かせる。

彼は苦しげに顔を歪め、大きく肩で息をしていた。額にびっしり汗が浮かんでいて、ひとつ雫《しずく》になってこめかみに流れ落ちる。

「こんな炎天下で、猛ダッシュしたの、何年ぶりだ……」

穂高君は息を切らして膝に両手をつき、がっくりと背を屈めた。

「えっ。穂高君、大丈夫？」

私は手を貸そうとして、彼に腕を伸ばした。

穂高君は呼吸を整えるように、お腹の底から「はああっ」と息を吐き出し、

「ごめん」

足元のアスファルトに顔を伏せたまま、そう言った。

「さっきの、先輩に託された実験だったから……中途半端にやめることもできず」

穂高君から謝罪されてしまい、私は慌ててブンブンと首を横に振った。

「そんな！　穂高君が謝らないで。さっきのは、絶対的に私が悪いんだから！」

汗ばんだ彼の両手を取って、そっと身体を起こさせる。

穂高君は、まだ呼吸を乱したまま、「え？」と聞き返してくる。

「その……穂高君が、私より菌に夢中だから、変なヤキモチ焼いちゃって」

私は彼から目線を外して、しどろもどろになって説明する。

「え？　菌に？」

「バカでしょ。で、でも、二時間も一緒にいたのに、穂高君が私を見たのって、通算してもほんの数分なんだもん。穂高君の目には、ず～っと菌しか映ってなくて」

変な気分になってまくし立てる私の前で、穂高君は顔に手を当て、「はあああ」と太い息を吐いた。

「お前、なんなの」

「呆れたよね。本当に、ごめ……」

「なんでそんな、かわいいヤキモチ焼くの。美紅のやることなすこと、全部直球でクルんだけど」

穂高君が、端整な顔を真っ赤にして目を逸らす。

「え、っと。……あ」

なんて反応していいか困る。

彼のこめかみに、もう一粒汗が伝うのを見て、私はバッグからハンカチを取り出した。恐る恐る手を伸ばし、彼の頬にそっと当てる。

穂高君は一瞬ビクッと身を竦ませた後、チラッと私に視線を向けた。

「……サンキュ」

短い謝辞だけで、拒否はない。

だから私も黙って頷き返し、腕を伸ばして彼の額の汗を拭った。

拭き終わる頃には、穂高君の呼吸もすっかり整っていた。彼は、私の手からハンカチをスッと抜き取っていく。

「ごめん。新しいの買って返す」

「え。そんな、わざわざいいよ」

「よくない。これも、俺が洗ってくるから」

彼はそう言って、Tシャツの上から羽織ったサマージャケットのポケットに、私のハンカチをねじ込む。そして、姿勢よくピンと背筋を伸ばした。

「え〜と。気を取り直して」

そんな前置きをしてから、すうっと大きく息を吸い込む。

「美紅、改めて。これから、俺とデートしてください」

言葉通り改まって、真剣な目をして誘ってくれる穂高君に、私の胸はきゅんと疼く。

「でも、菌……」

いちいちときめく自分をごまかしたくて、私はラボの方に視線を向けた。

「いや、だから。もう、菌からは離れて」

穂高君が、困ったように目尻を下げて苦笑した。

そんな彼を、私は上目遣いで窺う。

「この後は、何時までも付き合える。ずっとふたりきりでいられる。だから」

キリッとした表情で、もう一度誘ってくれる彼に、私の胸がじんわりと温かくなった。鼓動が、とくんと優しい反応を示す。

「……はい」

あんなに子供っぽく我儘な態度を見せてしまった後、素直にOKするのは、ちょっと決まりが悪い。

でも、穂高君からちゃんと誘い直してくれたのが嬉しくて、私ははにかんだ笑みを返した。

彼も、ホッとしたように表情を和らげてくれる。

「ありがとう。じゃ、行こっか」

そう言って、スラックスに手をゴシゴシと擦ってから、私に向かって差し出してくれた。

そっと見上げると、すごく照れくさそうな顔をしていたから、私もつられて気恥ずかしくなってしまい……。

「……お腹空いた」

なんとなくそっぽを向きながら、彼の右手に手を預け、少し遅い時間のランチをリクエストした。

「OK」

穂高君は、ためらうことなく指を絡ませ、きゅっと握ってくれた。

信頼への裏切り

オフィス近くのビル内にあるレストランで、ランチタイムが終わるギリギリで食事をした後、見慣れたオフィス街を、のんびり並んで歩いた。

途中で通りかかった、最近できた新しい商業施設で、ウィンドウショッピングを楽しみ、夕食は材料を買ってきて、私の家で一緒に料理をした。

夜も更け、私のベッドで肌を重ねた後――弾んだ息が落ち着くのを待って、私は「穂高君」と呼びかけた。

もぞっと身を捩り、仰向けで横たわっている彼に向き合う。穂高君は額に腕をのせて、まどろみかけていたけれど。

「……ん？」

短く反応して、私に目線を下げてくれた。

「八月の企画会議ね。私は発表しないんだけど、後輩の篠崎君のフォローしてるの」

私がそう告げると、彼は額から腕を退け、顎を引いて私を見下ろしてきた。

「だから、もしかしたら、穂高君に意見求めることもあるかも……って」

彼のきょとんとした目に、私は首を傾げる。

「な、なに?」

「いや」

穂高君はわずかに眉尻を下げ、なにやら苦笑いで返してきた。

「まさか、事後のピロートークで、仕事の話されるとは」

「えっ? あ、ごめん!」

確かにこれじゃ、さっきまでの甘いムードが台無しだ。

私は慌てて謝り、恐縮して身を縮めた。

穂高君は、それにも「いや」と返してくれる。

クスクス笑う声が降ってきて、私はそっと上目遣いの視線を彼に向ける。

「……呆れてる?」

「俺は、美紅の仕事に向き合う姿勢も込みで、好きになったから。お前らしくて、いいと思うよ」

さらっと言われて、私の心臓がドキンと跳ねた。

穂高君は、カアッと頬を染めて俯く私の頭に腕を回し、抱き寄せてくる。

「この間……」

小さく、やや掠れた呟きが耳をくすぐる。先を促すつもりで、私は目線を上げた。

「美紅に聞かれたこと。俺が、いつからお前のこと好きだったか、って」

そういう形に動く、彼の唇を見つめる。

「う、うん？」

ゆっくりと加速し始める心臓の拍動を意識して、私は無意識に胸に手を当てた。

「好きになったのは、一緒に仕事するようになってからだけど。入社前から、お前のこと知ってたって言ったら、驚く？」

「……えっ⁉」

私はたっぷり一拍分の間を置いてから、ギョッとしてひっくり返った声をあげた。

私の反応に、穂高君も「はは」と乾いた笑い声を漏らす。

「え？　入社前？　本当に？　なんで？」

私は思わずベッドに手をつき、わずかに上体を浮かせた。

短い質問ばかり畳みかける私に、彼は「うん」と頷く。

「前に話したろ？　俺、就活中は、なんで俺が化粧品なんか、って思ってた」

「あ、う、うん」

私は、穂高君がその話をしてくれた時のことを脳裏に浮かべ、相槌を打った。

「でも、面接の直前で気が変わったって……」

「そう。美紅は覚えてないだろうけど。俺ね、面接の順番、美紅の次だったんだ」

「そうだったの⁉」

思いがけない事実を耳にして、私は大きく目を瞠った。

穂高君は、「そうだったの」と、柔らかい笑みを浮かべる。

「一次面接の会場、採用コース別じゃなく、ちゃんとした個室でもなくて、パーティションで区切っただけのブースだったろ？　俺はその外で、順番待ちのパイプ椅子に座ってた」

もう八年も前のことを思い出しているのか、彼は懐かしそうに目を細める。

「普通の声量なら、多分ボソボソとしか聞こえてこなかったはず。でも美紅、めちゃくちゃ熱く語ってたから、俺の耳にも飛び込んできたんだ。お前の、志望動機」

「……‼」

「あの時も、魔法のアイテムを世に生み出す仕事がしたいって、そう言ってたよな」

穂高君の口角がニヤリと上がるのを見て、私の心臓がドッドッと激しく騒ぎ始めた。

「う、嘘っ……！」

確かに、私はそう熱弁を振るって、うちの会社の内定を勝ち取ったけど、それを同じ就活生に聞かれてたなんて、恥ずかしすぎる。

「～っ‼」

いたたまれない思いに駆られ、私は穂高君の横で、勢いよくベッドに顔を埋めた。

彼はふふっと吐息混じりに笑いながら、私の髪に指を通している。

「あ、あの頃から、リリカルな女って思ってたの……？」

ベッドに埋まって消えそうな声で、ボソボソと訊ねる。

穂高君はちゃんと聞き取ってくれたのか、私の頭をグリグリと撫でた。

「直前で気が変わった、って言ったろ？」

はっきりと耳に届いた返事に導かれ、私はそおっと顔を上げる。

穂高君は片方の腕を枕にして、私を見上げていた。

「男の俺には、化粧品を魔法のアイテムなんて言う、女の気持ちはわからないけど。俺が専門とする化学で、非現実的なものを創り出せるのかって考えたら……」

「か、考えたら？」

そこで意味深に言葉を切った彼に、私は恐る恐る訊ねる。

穂高君は、一度私を見つめて、ふっと目の力を解いた。

そして。

「無性に、ワクワクした」

「っ……」

「あれから、心のどこかで気になってた。一緒のチームになってからは、好きになるの、止められなかった。あの時、お前の言葉を聞けたから、今の俺が在るんだ。……俺にとっては、美紅が魔法使いだったんだろうな」

予想もしていなかった答えに、私の鼓動はドキドキと高鳴っていく。

なにか言いたいのに、胸がいっぱいで口を開いても声にはならない。

間中さんは、私たちの企画は空想の産物で、自分たち研究員は、それを現実のものにするのが役目だと言った。

でも穂高君は、私の企画を、魔法のアイテムとして、形にしてくれている。

夢の続きを一緒に追い求めてくれる人。

私の夢に、寄り添ってくれる人――。

熱いものが胸に広がり、私はただ、穂高君をじっと見つめることしかできない。

「美紅」

彼が、私の頭の後ろに手を回し、力を込めた。私は抗うことなく身を委ね、私の方が組み敷くような体勢で、キスをした。

優しく食むようなキスを、何度か交わす。
どこか潤んだ瞳で私を見上げる穂高君が、どうしようもなく色っぽい。
彼から目を離せず、無意識にゴクッと唾を飲む。
そして。
「穂高君。……好き」
掠れそうな声で告げて、今度はちゃんと自分からキスをした。
唇を軽く重ねて少し押し当て、すぐに離す。
子供みたいなキスでも、私からしたというだけで、心臓が壊れそう。
穂高君は、パチパチと何度も瞬きをしていたけれど……。
「……やった」
嬉しそうに目を細め、両腕を伸ばして私を誘ってくる。
私は、素直に彼に身体を預けた。
先ほどの行為の後で、まだお互い汗ばんだ肌を、再びぴったりと重ね合わせる。
そのまま溶け込もうとして、ぎゅうっと固く抱き合った。
「……でも、もっと」
私は、穂高君の耳元で、そう囁いた。

彼が「え?」と聞き返してくる。

「私と穂高君の間に、限界はないの。だから、もっと、もっと」

そう続けながら、彼の首に回した腕に力を込める。

「はは」

小さな苦笑が聞こえる。

「仕事も恋も。……美紅は、欲張りだ」

ちょっと揶揄するような、楽しげな口調に、私もふふと吐息を漏らして笑う。

「そうよ。だって、穂高君とじゃなきゃ、できないから」

穂高君が、私を抱きしめたまま、ぐるんと身体を回転させた。一瞬にして体勢が逆転して、彼が私を組み敷いた格好になる。

「お前の夢は、俺が全部叶えてやる。だから、俺のことだけ見てろ。もっともっと、好きにさせてやるから」

挑むような強い宣言に、私はまたしてもきゅんとして——。

穂高君への〝好き〟という気持ちは、限界を知らず高まり募っていく。

際限のない感覚は、ちょっと覚束なくて不安もあるけど。

彼とならば。

きっと、もっと、もっと。

「ほ、だか、く……」

私は、優しく甘く、どこか激しい彼の愛撫に、のまれていった。

夏季休暇が終わり、まだまだ酷暑が続く中、私にはいつもの日常が戻ってきた。

自分の通常業務をこなしながら、篠崎君の企画の準備を手伝う。

休みボケなんかしていられないくらい、ハードだ。

それでも……。

水曜日の定例ブランド会議で、穂高君の姿を目にするだけで、胸が弾む。

会議中に目が合い、ふっと微笑んでくれるだけで心拍が上がり、元気をもらえる。

この会社に入ってから、ずっと仕事一筋で突っ走ってきた私が知らずにいた、甘やかな恋情。

初めての社内恋愛はものすごくくすぐったいけど、仕事とは別の幸せをくれるこの感情を、私は大事にしたいと思っていた。

休暇が明けて二週目。

この夏、東京に酷暑をもたらした太陽が、幾分威力を失い始めた、八月下旬。

隔月開催の企画会議の日を迎えた。

私は発表者じゃないから、緊張で頬を紅潮させた篠崎君を見送り、オフィスで仕事をしていた。

時々息をつきながら時間を気にして、何度も左手首の腕時計に目を落とす。

そうやって、自分が発表する時以上にそわそわして、篠崎君が戻ってくるのを待っていた。

そして——。

「美紅さんっ……‼」

会議が始まってから二時間後、篠崎君が私の名を叫びながらオフィスに駆け込んできた。

どこか切羽詰まったその声に、呼ばれた私だけじゃなく、周りのデスクの同僚もギョッとしたように仕事の手を止める。

「お、お帰り。篠崎君」

私もドキッとしながら、彼を迎えた。

早速、『どうだった？』と訊ねようとして、質問をのみ込む。

私の前まで走ってきた篠崎君が、プレゼンの成功とは違う、もっと違った意味で気を昂《たかぶ》らせているのが、わかったからだ。

「ど、どうしたの？　篠崎く……」

顎を仰け反らせて、声をかけた私に。

「美紅さん。大変です。古谷さんの企画」

篠崎君が、見たこともないくらい顔を強張らせて、早口で告げた。

「え？」

彼の言葉に導かれ、私はつっとオフィスに視線を向けた。

今日の会議で、篠崎君と同じく発表した古谷さんは、まだ戻ってきていないけれど。

「あ～……。なんか、絶対的な自信があるって、そう言ってたんだっけ？」

私はぎこちなく笑いながら、篠崎君に応えた。

「そんなにすごかった？　だったら私も、聞きに行けばよかっ……」

「あれは、美紅さんの企画です‼」

「っ、え……？」

鋭く厳しいひと言で遮られ、私は思わず声をのんだ。

篠崎君が言っている言葉の意味が、瞬時にのみ込めない。

戸惑って、何度も瞬きを繰り返す私に、彼が大きく一歩踏み込んできた。

「美紅さんが、穂高さんに難しいって言われて諦めた企画。古谷さんは、その穂高さんに助言してもらったって胸を張って、自信満々でプレゼンしたんです！」

「え……？」

興奮して声を荒らげる篠崎君の言葉は、私にはやっぱりまっすぐ入ってこない。

その意味をしっかり理解するのに時間がかかり、なんの反応もできずにいると。

「言っときますけど、盗んだなんて思わないでくださいね」

篠崎君の後ろから、静かな低い声が聞こえた。

私が反応するより早く、篠崎君が勢いよく振り返る。

そこに腕組みをした古谷さんの姿を見つけて、私は反射的に椅子から立ち上がっていた。

「私も、男性用基礎化粧品のブランド展開を、ずっと考えてたんです」

呆然としてなにも言えずにいる私の前に回り込んできて、古谷さんはピタリと立ち止まった。

「穂高さんに相談したかったので、彼に指示された通り、ラボの集合アドレスにメールをしました。そしたら、穂高さんはちゃんと目を通して、返事をくれたんです」

「え……？」

無意識に聞き返したものの、彼女が言うそのやり取りを、私は確かに社食で見て知っている。

あの時、私と一緒にいた篠崎君も、そのことを思い出したのか、ハッと息をのむ気配がした。

「【冴島さんが、似たような企画を挙げるつもりでいる。新しい力が育つよう応援したいから、頑張って】って。実験して検証したデータも一緒に送ってくれました」

「ほら！」と言って、古谷さんが私の目の前に突き出してきたものを、私は瞬時に視界で捉えられなかった。一度バチッと瞬きをして、そこに焦点を合わせて……。

「っ……」

「穂高さんからもらった、メールとデータです」

古谷さんが説明してくれなくても、彼とのメールをプリントアウトしたものだとわかった。確かに、メールの署名は【穂高】となっている。

私は、彼女の手からひったくるようにして、そのプリントを手に取った。

最初から目を通してみると、古谷さんの実験依頼から始まり、穂高君が返信したメッセージもある。彼女が口にした激励も、メールの本文に記されていた。

「穂高さん、冴島さんには、原料の面でハードルがあるって言って、止めたんでしょう？　だから今日の企画会議に挙げられなかった」

まさに、その通りだ。

プリントに目を落としたまま絶句する私に、古谷さんが容赦なく畳みかけてくる。

「それは、先に相談した私に、チャンスを与えてくれるためです。その後も、ずっと親身になってアドバイスしてくれました。私、穂高さんと二人三脚で挙げた企画、絶対に通す自信があります！」

古谷さんは、ほとんど仰け反らせる勢いで胸を張って、「ふん」と強気で私たちに踵を返した。

私は、デスクに戻っていく彼女の背を目で追ってから、再び手元に視線を落とした。

古谷さんの言うことが、すべて本当なのか。どこから嘘が交じっているのか、私にはなんの判断もできない。

でも、彼女が言った言葉を、私は穂高君本人から聞いた。

彼は私に、『後輩に任せて』と、AQUA SILK 以外の企画を挙げるのを、踏み止まらせようとした。

それは、その時すでに、古谷さんに協力していたから？

「美紅さん……」

篠崎君が、私を気遣っているような、おどおどした声で呼びかけてくる。

「あの。なにかの間違いですよ。だって穂高さん、社内報でも美紅さんを絶賛してたんだし。なのに、古谷さんの肩を持つなんて、そんな……」

最後は自信なさそうに尻すぼんでいく彼の声を聞きながら、私はグッと拳を握った。

「……そう、よね」

古谷さんの言うことだけ聞いて、鵜呑《うの》みにするわけにはいかない。

穂高君が、私を〝裏切った〟のなら、彼にちゃんと確かめなきゃ。

信じたくない。

だけど、私の心にはさざ波のような波紋が広がっていた。


その日、業務を終えた後、私はまっすぐ別棟に向かった。

受付で「事務所で待ってます」と穂高君への取り次ぎをお願いして、ラボに入った。

ためらうことなく、事務所に進む。

ドア口から「こんばんは」と声をかけてから、室内に足を踏み入れた。

「あ、こんばんは、美紅さん！」

糸山さんが、明るく挨拶を返してくれた。

仕事はもう終わっているようで、デスクも綺麗に片付いている。

彼女の隣には、いつかのように間中さんが座っていた。

「こんばんは、冴島さん」

私がふたりの関係をすでに知っているせいか、間中さんは平然としている。

帰宅前のひと時を、休憩ついでに会いに来た間中さんと一緒に過ごす糸山さんは、とても穏やかで寛いだ様子。この事務所の空気感も手伝って、どこかのんびり、ほのぼのとした雰囲気に、私も一瞬和みそうになる。

でも、今日ここに来た目的を考えると、ほっこりしてる場合ではない。

私はふたりに軽く頭を下げた。

「すみません。穂高君に会いに来ました。中で待たせてもらっていいですか?」

やや硬い声でそう告げると、糸山さんが小首を傾げてから、「どうぞどうぞ～」と立ち上がる。

「奥のソファでお待ちください。今、お茶淹れますね」

「あ。糸山さん、お構いなく」

私はきびきびと彼女を遮り、さっさと奥に進んだ。

私のただならぬ気配に気付いたのだろう。『何事だ?』と言わんばかりのふたりの視線を感じながら、ドスッとソファに腰を下ろした。

「ふう」と声に出して息をして前屈みになり、穂高君が来たらまずなんと言おうか、思考を巡らせる。

「えっと……冴島さん、なにかあった?」

間中さんが、戸惑いを隠せていない声をかけてくれる。

それにも表情を和らげることができないまま、「いえ」とだけ答えた。

そんな私が珍しかったのか、間中さんも糸山さんも、それ以上はなにも訊ねず、こちらを気にして息を潜めている。

私がピリピリした緊張感を漂わせているせいで、事務所内の空気がなんだか一気に重くなったのを肌で感じた時。

「冴島?」

白衣姿の穂高君が、事務所のドア口に姿を現した。実験の途中、手を止めて来てくれたようだ。走ってきたのか、軽く息を弾ませている。

彼の視線がまっすぐ向けられる中、私は弾かれたように立ち上がった。

穂高君は、間中さんたちをちらりと見遣って会釈をしてから、大きな歩幅で私の方に歩いてくる。

「冴島。話なら、俺の研究室で……」

多分、彼らの目を意識したんだろうけど、私は首を横に振って拒んだ。

「いいえ。ここでいい」

「え？」

彼を前にして緊張が高まり、私の声はさらに固くなってしまった。

私の声色に、穂高君も怯んだように足を止める。

間中さんと糸山さんは、今やほとんど息を殺している様子だ。

それでも私は、グッと顔を上げて穂高君と対峙した。

「今日の企画会議で、古谷さんが発表した」

私がそう切り出すと、穂高君は一瞬虚を衝かれたように首を傾げた。

「古谷？　ええと……」

「社食で、穂高君に相談に乗ってほしいって言った、うちの後輩。覚えてない？」

彼は黙って記憶を手繰った後、「ああ」と合点したように頷いた。

「思い出した。彼女、発表できたんだ？」

とぼけてるんだろうか。知らないフリをしているような白々しい反応に焦れる。

「ちょっと前から、次の企画は絶対的な自信があるって、公言してた。その自信はどこから来るのかって思ってたけど、穂高君がアドバイスしてたって聞いて、納得」

それでも、なんとか気持ちを抑えて続けると、穂高君もやっと表情を変えた。

「え？……俺？」

訝しげな瞳で、私がなにを言わんとしているか、探りかけてくる。

彼の視線が居心地悪くて、私はスッと目線を外した。

「穂高君が、私には原料面でハードルが高いって言った、メンズの企画。でも古谷さんは、穂高君と二人三脚だから挙げられたって、自信満々だった」

穂高君も、私がなにを意図して言ったか、鋭く察したようだ。

「メンズって……あの？」

「依頼受けて、検証データを送ってあげたでしょ？　彼女が企画会議で出したデータ、穂高君が私にくれたのと同じものだった」

私は我慢できずに早口でまくし立て、ハッと浅い息を吐いた。

穂高君は口元を手で覆い、目線を彷徨わせて、なにか逡巡している。

「古谷さん、穂高君に【新しい力が育つよう応援したいから、頑張って】って言ってもらったって。でも、私は企画を挙げるのを止められた。後輩に任せろって、穂高君、そう言ったよね？」

「言った、けど。冴島……」

次々と畳みかける私に、彼が強張った顔で言葉を挟む。

「お前、もしかして……。俺がその古谷さんにデータを流したせいで、企画を盗まれた、そう言いたいのか？」

呆然とした様子で、訊ねてきた。

「……古谷さんは私の企画を盗んだんじゃないって言ってたし、それなら信じる。企画会議でアイデアが被ることなんかざらだもの」

私は穂高君の視線から逃げるように、顔を背けた。

「だから、お願い。穂高君も、説明して」

「……冴島」

「私、諦めないって言ったのに。私にくれたのと同じ検証データを古谷さんに送ったのは、私にAQUA SILK以外の企画を挙げさせたくなかったから？」

気が昂ってしまいそうになるのを必死にこらえ、質問を重ねる。

なのに穂高君はきゅっと唇を結び、そのまま沈黙してしまう。

「……おい」

それまで息を殺して私たちのやり取りを聞いていた間中さんが、やや遠慮がちに声を挟み、こちらに歩いてくる。

「歩武。どういうことだ？　ちゃんと説明しろ」

私たちの間に割って入り、穂高君の肩をグッと掴む。

軽く揺さぶられた彼は、ハッと我に返った様子で、間中さんに目を向けた。

「冴島さんの言うことが本当なら、お前がしたことは企画の不正操作とみなされる。グループ長として聞く。俺だけじゃなく、冴島さんも納得できる理由を話せ」

「不正……？」

まるで、生まれて初めて耳にした単語を確認するみたいに、穂高君がどこかたどたどしく繰り返している。

「その古谷って後輩が、検証データを受け取ったことで、絶対的な自信を得たっていうなら。それを送ったお前が、冴島さんの企画を盗むよう助長した……と考えざるを得ない」

間中さんの声色は、徐々に厳しさを増していく。

「冴島の企画を盗むのを助長って……ちょっと待ってください。同じデータを送ったってだけで、そんな大事に？」

穂高君の硬い声を聞いて、

「盗まれたかどうかを正したいんじゃないの！　私、穂高君と一緒に創りたいって言ったのに。ねえ、穂高君。どうしてなにも説明してくれないの⁉」

私は、やるせない想いを募らせ、声を振り絞った。

間中さんと穂高君も、ハッと口を噤む。

「違うなら違うって。なにか理由があるなら、そう言って」

私は後先も考えずに、穂高君に詰め寄った。

彼は、顎を引いて私を見下ろしている。その喉元から、ひゅっと音が聞こえるだけで、弁解も言い訳も、口にしようとはしない。

「……なんで黙っちゃうの。古谷さんの言うことを鵜呑みにしたくないから、穂高君が言ってくれれば、嘘でも信じるのに……」

私はゴクッと唾を飲んで、荒れ狂いそうになる心を必死に抑えようとした。

なにも言えない、それが穂高君の答えだ。そう感じたら、冷静さを取り戻せない。

「穂高君、私の夢の魔法のアイテムを、これからも一緒に創るって言ってくれたのに……！　私の夢をもっと大きく膨らませるって。信じてたのに、ひどいっ‼」

感情を迸らせてなじる私の肩を、穂高君がグッと掴んだ。

「冴島、俺は」

「離して！　もう、穂高君なんか、信じられない！」

彼の言葉を最後まで聞かず、張り裂けそうな声で叫んだ。

穂高君は凍りついたような目をして、息をのんだ。なにか言おうとしたのか、口を開けたけれど、結局なにも言わずに唇を結んでしまう。

「冴島さん」

黙りこくる穂高君の代わりに、間中さんがとりなすように呼びかけてくる。

「君も、落ち着け。ちゃんと冷静になってから、改めて話を……」

間中さんが肩に置いた手を振り払い、私はその横を擦り抜けた。

「あ、冴島さ……」

焦った声で私を呼ぶ間中さんを振り返ることなく、バタバタと走り抜け、事務所から飛び出した。

その後、穂高君からは、何度か社内メールをもらった。説明してほしいのに、彼のメールは謝罪を綴るだけだから、私は一度も返信できなかった。

プライベートに仕事を持ち込まないようにしているのか、私のスマホには電話もL

ＩＮＥもない。言い訳すらしない彼は、むしろ誠実なのかもしれないけど、おかげで私も、どういう態度に出るべきか、判断ができない。

激情に駆られ、『信じられない』と言ってしまった。そのせいもあって、今さら改まって説明を求めるのも、躊躇してしまう。

結局、自然と連絡を絶ったまま、一週間が過ぎ……毎週水曜日の、定例ブランド会議を迎えた。

彼の謝罪のメールを無視し続けてしまったせいで、さすがに気まずい。

私は、穂高君の姿が視界を掠めないよう、ずっと顔を背けてやり過ごした。

会議が終わり、メンバーたちが散会する中、「冴島」と呼ばれたけれど、聞こえないフリをして背を向けた。他のメンバーたちの会話に混じって、足早に会議室から出ていった。

こんな風に穂高君を避けるなんて、今までになかったことだ。

こうやって、穂高君との関係は再び変わり、以前のようによそよそしいものに戻っていくのだろうか。いや……以前と同じじゃない、今はそれ以下だ。

そうしたいわけじゃないのに、穂高君とどう接していいのか、もうわからない。

重い気分を引きずったままその日の仕事を終え、私は寄り道せずにまっすぐマンションに帰ってきた。

日中、無人になる部屋は真っ暗で、ムッとした熱気に迎えられる。

部屋に入り、天井の電気を点けると、一度パッと明滅した後、室内が明るく照らし出された。

ひとり暮らしの部屋は狭く、それほど飾り立ててはいないけれど、部屋の奥の一角に置いてあるガラスのショーケースは、ほんのちょっとおしゃれで優雅だ。

中には、私がこれまで企画して、世に生み出してきた魔法のアイテムたちがずらりと並んでいる。私の宝物だ。

そのどれもが、穂高君と一緒に一から創り上げてきたもの――。

この間、彼がうちに泊まった時、これを見て嬉しそうに微笑んでくれたことを思い出す。

『これからも、一緒に増やしていこう。そのうち、このケースじゃ足りなくなって、もっと大きなのが必要になるだろうけど』

私たちは、これから先もずっと一緒。そういう約束をした気分で、なんだか照れくさくてくすぐったくて、でもとても嬉しかった。

『私と穂高君の間に、限界はないの』

私の彼への信頼も、恋心も、際限なく育ち続ける。

そう信じられたから、胸を張って言えた。

この先も穂高君が私を支えてくれる未来が続くことに、なんの疑いもなかった。

なのに——。

「っ、ふ……」

私は、ショーケースの前でぺたんと座り込んだ。お腹の奥底からせり上がってくる嗚咽《おえつ》をこらえ切れず、床に突っ伏して泣きじゃくった。

古谷さんの言葉じゃなく、穂高君からの説明が欲しかった。彼が言ってくれるなら、嘘でも信じるつもりだったのに。

——本当に、私を裏切ったの……？

穂高君への信頼が、跡形もなく崩れ落ちる。急速に育っていた恋心も、凍結した。

穂高君の力がなきゃ、私の夢の続きもここで終わり。

私はもう、魔法のアイテムを生み出すことはできない。

九月に入り、八月の企画会議の結果が報告された。

本人の自信通り、そして周りの予想通り、古谷さんの企画が通過した。

彼女の企画が通ったのは、これが初めてだ。仲間たちに祝福され、古谷さんも興奮を隠せず、頬を紅潮させていた。

「これも、穂高さんのおかげだもの。プロジェクトチームの研究主任は、穂高さんになったらいいのになあ」

浮かれた口調で、そう言っているのが聞こえた。

彼女を囲んだ仲間たちが、私を気にするようにチラッと視線を流してくる。

「いやいや。穂高さんはAQUA SILKがあるし、無理でしょ」

それには、古谷さんが不服そうに頬を膨らませる。

「専属ってわけじゃないんだし。アドバイザーくらいの立場なら、無理ってことはないでしょ。だって、穂高さんが継続してくれた方が、どう考えても効率的じゃない」

私は自分の仕事を進めながら、ついつい苦笑してしまった。

古谷さんの気持ちはよくわかる。

だって、それは、まさに四年前……初めて企画が通った時の私の願望と同じだ。

私だって、協力してくれたのが間中さんだと思っていたから、彼と同じチームになれることを期待していた――。

「早速、穂高さんにお礼と報告のメールしなきゃ」と弾む声を聞いているうちに、なんだか自嘲的な気分になる。

私は仕事の手を止め、ぼんやりとデスクに頬杖をついた。マウスを操作して、商品企画部のドライブにアクセスする。

ダブルクリックして開いたのは、私の個人フォルダだ。これまで私が、会議に挙げた企画資料。落選したものも含めて、全部ここに格納してある。

その中から、四年前に初めて通った企画の名がついたフォルダを開け、【検証実験報告書】というPDFをクリックする。

モニターに展開されると、すぐに最終ページにジャンプした。

【君の夢が叶いますように。応援してます】

何度見ても、きゅうっと胸が締めつけられる、手書きのメッセージ。

この時、私に協力して、応援してくれたのは誰だったんだろう——。

じっと見ていると、いつの間にか焦点がぶれ、視界の中でぼんやりと歪んでいった。

無言で溜め息をつき、PDFを閉じる。気を取り直して、仕事を再開した。

本当の魔法使い

九月最初の週末を迎える、金曜日。

久しぶりに外出ランチをして戻ってくると、タイミングよく電話がかかってきた。

「はい。商品企画部、冴島です」

卓上ホルダからPHSを抜き取り、デスクにバッグをしまいながら応答する。

《お疲れ様。ラボの間中です》

「……っ、間中さん？」

相手が名乗るのを聞いて、私はたっぷり一拍分も間を置いてから、素っ頓狂な声で聞き返してしまった。

電話の向こうで、間中さんは吹き出しているけど、私の反応も無理はない。

だって、間中さんから電話をもらったことなんて、今までなかったんだから。

「お、お疲れ様です」

ちょっと緊張しながら、無意識にシャキッと背筋を伸ばす。用件を訊ねようとして、重苦しい空気に包まれたあの夜の出来事が、すぐに脳裏をよぎった。

「あの、間中さん。先日は、ご迷惑をおかけしました」

周りには誰もいないけれど、辺りを憚って声を潜めると、間中さんが《ふうっ》と小さく息を吐いたのが聞こえた。

《こちらこそ。ラボのせいで嫌な思いをさせてしまい、冴島さんには申し訳なく思ってる》

続けて《ごめん》と真摯に謝罪されて、私はきゅっと唇を噛んだ。

「いいえ。もう、そのことは……」

私は少し硬い声でそう言った。

一瞬頭に浮かんだ、穂高君の凍りついたような顔を振り払おうと、ブンと首を横に振る。

「それで、今日は、あの……」

そこでやっと用件を伺うことができた。間中さんも、《ああ》と応じてくれる。

《実は、その件にも関係して。会って話したいんだ。急で悪いけど、今日どこかで時間取れないか》

「え。きょ、今日ですか？」

私はＰＨＳを肩と耳で挟んで両手を空けてから、パソコンのロックを解除した。

マウスを操作して、この後のスケジュールを確認する。
「あ。四時過ぎから三十分ほどなら大丈夫です」
スケジュールの空きを見つけて答えると、《OK》と返事が聞こえた。
《それなら、こちらから本社の方に出向くので、よろしく》
「はい」と答えて、電話を切る。
PHSをホルダに戻しながら、私はやけに騒がしい胸に手を当てた。
あのことに関係するって、どんな話だろう。
気になって、私はそわそわと仕事を進めた。

言葉通り、間中さんは四時に私を訪ねてきた。

どんな話になるのかわからなかったから、小会議室を予約しておいた。

ドアをノックすると、先に来ていた間中さんが「はい」と応えるのが聞こえた。

「失礼します」

そう断ってから中に入る。

すると、椅子に腰かけていた間中さんと、もうひとりの男性がスッと立ち上がった。

「お忙しい中、お時間いただきまして、ありがとうございます」

間中さんが丁寧な挨拶をして、ふたり同時に頭を下げる。

「え？　あの……？」

なんだか改まった様子に怯み、私は一瞬ドア口で立ち尽くしてしまった。

だけどすぐにハッと我に返り、ドアを閉めて中に進む。

そのタイミングで顔を上げたふたりに、私も軽く会釈をした。

「ご丁寧に、ありがとうございます。それで、間中さん、あの……」

三人同時に椅子に腰を下ろしてから、私は間中さんに訊ねた。でも、もうひとりの男性を気にして、彼の方に目が向いてしまう。そして、「あ」と短く声を漏らした。

白衣を着ていないし、今は眼鏡もかけてないから、パッと見じゃわからなかったけど、彼は穂高君の研究補助員だ。

私の視線に気付いた彼が、緊張した様子で姿勢を正した。

「彼は、俺と同じ第一グループで、研究補助に就いている、堀田《ほった》といいます」

先手を打って、間中さんが紹介してくれた。

「……堀田と申します」

それを受けて、補助員の男性が少し硬い強張った声で自己紹介をしてくれた。

「あ。えっと……冴島です」

私も背筋を伸ばして、彼に挨拶を返した。

その途端。

「す、すみませんでした……‼」

堀田さんが、テーブルに額を擦りつける勢いで頭を下げた。

「え⁉　あの……」

私はギョッとして、彼の隣の間中さんに目線を動かし、助けを求める。

間中さんは、堀田さんに顔を上げるよう促してから、テーブルに置いてあったファイルを開いた。

「冴島さん。例の企画の件。君の後輩の古谷さんに協力して、メールをやり取りしていたのは、この堀田なんだ」

「……は？」

私は、間中さんの言うことが一瞬理解できず、パチパチと瞬きを返した。

私の反応を見て、堀田さんは恐縮しきった様子で、首を縮めた。額には、うっすらと汗をかいている。

「ぼ、僕。データを送るだけのことで、企画を盗むとかそんな大それた話に発展するなんて、夢にも思わず……。穂高さんが冴島さんになにも説明できなかったのは、僕をかばってくれたせいなんです……！」

「え、ええと……」

私は困惑して、目の前に並ぶふたりを交互に見遣った。

「ごめんなさい、話が見えず……。だって私、古谷さんから、穂高君とのメールを、見せてもらっていて」

戸惑いに揺れる声で告げると、間中さんも黙って頷く。

「もちろん、それは俺も確認した。メールの履歴を遡《さかのぼ》ってみると、古谷さんは確かに自分で考えた企画を、ラボに相談していた。こちらが検証データを送る前から、彼女の企画は進んでいた。つまり、冴島さんの企画を盗んだわけではない」

彼が淡々とした口調で説明するのを聞いて、私も何度か頷いた。

「そうです。で、穂高君が協力してたんじゃ……」

「四年前。俺は、冴島さんからアドバイスを求められたことがあったね。申し訳ないことに、この間君から聞くまで、すっかり忘れていたけど」

間中さんが、私を遮った。

私は、思わずゴクッと唾を飲む。

「は、はい」

「その時、俺は、君にこう指示したと思う。詳細を、ラボの集合アドレスに送ってくれ、と」

「っ、はい。そうです。それで……」

私は無意識に腰を浮かせながら、間中さんに返事をした。

彼が目線を上げて、私を見据える。

「君には、俺から返事がいった。だから俺が協力したとばかり、思ってくれたんだろうけど」

間中さんはそう言って、ファイルから取り出した一枚のプリント用紙を、私の方にスッと差し出してきた。

「古いものなので、探すのも結構難儀だったんだが……。これが、〝俺〟が君に返したメールだ」

「……！」

私は大きく息をのんで、目の前のメールのプリントに目を落とした。

そして、何度も何度も頷いてみせる。

「そうです。間中さんは、いつもこうして、とても丁寧な返事をくれて……」

ついつい声が上擦ってしまう私に、

「冴島さん。よく見て」

間中さんが、プリントのとある一部分をトンと指で示した。

「え？」

視線を導かれ、そこを見つめる。差出人のメールアドレス欄だった。

「プロジェクトチームが結成されている案件なら、担当研究主任と直接やり取りしてもらうけど、そうじゃない案件の場合は、原則、まずこの集合アドレスに誘導する」

間中さんの説明に、私は相槌で返した。

「ラボの集合アドレスに届いたメールは、グループ全員見ることができる。グループ長の俺が、その時手の空いている研究員に対応させて、返信もこのアドレスからする決まりになっている」

彼の説明通り、差出人は【ラボ-1】となっている。

私はこの時、間中さんに宛てて送ったし、メール本文の末尾に【間中】という署名が記されていたから、この返事も彼からだと信じて疑ったこともなかったけれど……。

「っ、あ……！」

自分の記憶を遡って、私はそこに思い至った。

ハッとして視線を横に向け、まだ肩に力を込めている堀田さんを見つめる。

「わかったかな？　君の企画に協力した研究員は、個人アドレスを使ってやり取りしているわけじゃない。冴島さんが相手を特定するには、メール本文の署名だけが頼りだった」

間中さんが、横から言葉を挟んだ。

「は、はい……」

「で、今回、古谷さんにも、四年前の君と同じことが起きたってわけだ」

それを受けて、堀田さんが頬を紅潮させながら、静かに口を開いた。

「あの……実は、冴島さんが穂高さんに相談したっていうあの企画の検証実験をしたのも、僕なんです」

「……えっ⁉」

思わず聞き返した声はひっくり返ってしまったけれど、確かにあの時、穂高君にそう説明されたことを思い出した。

「そ、そうだ。穂高君、補助員に頼んだって」

私が言葉を挟むと、堀田さんも硬い表情のまま、「はい」と頷く。

「けど、その前から、古谷さんが穂高さん宛てに送ったメールの対応をしていました。なので、穂高さんから冴島さんの企画の実験を依頼されて、驚いたんです。いろんなところでニュアンスは違うけど、企画コンセプト自体は、よく似ていたから」

私は呆然として、ストンと椅子に腰を下ろした。

なんだか胸がドキドキと騒いでいる。

無意識にそこに手を当てる私に、堀田さんが「すみませんでした」と頭を下げた。

「穂高さんに実験結果を報告した後、今回冴島さんは見送るそうだって聞いて……。冴島さんが使わないならいいかと思い、彼女にも同じデータを送りました。それは僕の独断で、穂高さんはまったく知らなかったのに、僕をかばってくれて……」

「そう……だったんだ」

頭の中に散らばっていた、いくつもの疑問点が結びついて、一本の線になる。

真実がはっきりとした輪郭を伴って現れ、私は胸元をギュッと握りしめた。

「で、でも。あの……堀田さん、どうして穂高君の名前でやり取りしてたんですか?」

そこがどうしても引っかかり、遠慮がちに訊ねてみる。

すると、

「っ……」

堀田さんは、なぜだか返事に窮して口ごもった。

「それは、あの……」

カッと頬を染めてもごもごと言い淀む堀田さんを見て、それまで腕組みして聞いていた間中さんが、ふっと口角を上げた。

「集合アドレス宛てに、特定の研究員を名指ししてメールを送ってくる人もいる。そして、そういう人の気持ちを変に気遣う心優しい研究員が、なぜかうちのグループにはふたりもいてね」

「え？」

私は間中さんに聞き返した。

「やり取りするうちに、その相手との間に信頼関係が築かれていく。なのに、その時にはもう、本当の自分を名乗れない……なんてジレンマに陥って、もがくことになるっていうのに。……なあ？　堀田」

横目を向けられた堀田さんは、顔を真っ赤にして俯いている。

間中さんは彼をくくっと笑ってから、ちょっと意地悪に細めた目を私に向けた。

「冴島さん、わからない？　もちろん歩武は、君になじられたあの夜、この事態の真相にちゃんと気付いていたはずだ。検証データを古谷さんに送れるのは、堀田しかいないんだから」

「は、い……」

「彼女に協力していたのは、歩武じゃない。堀田が歩武の名を騙《かた》ってやり取りしてるってことも。なのに、どんなに言われても、君に説明しようとしなかった。それは、どうしてだと思う？」

「………」

探るように質問を畳みかけられ、私は答えを探して視線を彷徨わせた。

その答えは、まだ靄の中にあるようで、はっきりと浮かんではこないのに。

「……っ」

なぜだか、心臓がドキドキと拍動を強め、頬が火照り始めた。

頭じゃなく、心と身体が先に答えに行き着いた。そんな気がして、気持ちが逸るのを抑えられなかった。

午後八時。

すっかり日は落ち、廊下の突き当たりにある大きな窓の向こうに、漆黒《しっこく》の深い闇が広がっている。

だというのに、穂高君の研究室は真っ暗で、ドアの隙間から光は漏れていない。

私は一瞬ドアを開けるのを怯み、ためらってしまった。

それでも、間中さんから、まだ彼は在室していると聞いた。

一度大きく胸を広げて、息を吸う。

そうやって自分を鼓舞して、思い切って、ドアを三度ノックをした。

「穂高君。……いる?」

少し声を張って呼びかけてみたけど、応答はない。

私の声は、薄暗い廊下の空気に消え入り、辺りは再び静寂に包まれた。

研究に熱中していて、なにも聞こえないのかもしれない。

私は、意を決してドアを開けた。

大きな機械に囲まれた狭い道を通り、視界に開ける研究室。

中は真っ暗かと思ったら、隅の実験テーブルの上だけ、天井の照明が灯っている。

穂高君は、その下にいた。

こちらに白衣の広い背中を向けて座っているから、ここからではなにをしているかわからない。

私は、そっと中に進んだ。

思った通り、穂高君はよほど集中しているのか、私が近寄っても気付かない。

それでも、この距離まで近付いてみれば、顕微鏡を覗き込み、記録を取っていることがわかった。

左手で器用にスコープを調節しながら、ほとんど目を離すことなく、右側に置いたレポート用紙に走り書きをする。

真剣な姿にドキッとしながら、私は足音を忍ばせ、彼の後ろに立った。

無意識に胸元を握りしめ、穂高君の右の手元を見下ろす。

そして、彼の、男の人のわりに繊細で綺麗な走り書きの文字を見つけて、込み上げるもので胸がいっぱいになった。

私は【間中】という署名ひとつで、あのメールの送り主は間中さんだと信じきっていた。

穂高君の直筆の文字を見る機会は、確かにそう多くはなかったけど、どうして今まで気付けなかったんだろう。

今、目にした穂高君の文字は、確かにあの手書きのメッセージと同じ筆跡だった。

この目で確認して、すべてを確信した途端、私は感極まってしまい……。

「っ……穂高君！」

名を呼びながら、白衣の背中に飛びつくように抱きついてしまった。

「っ⁉　うぐっ……⁉」

無防備なところに、いきなり襲撃を受けた形の穂高君は、激しくビクッと震えた。

「っ、なっ……⁉」

ギョッとしたように声をあげて、肩越しに勢いよく振り返ってくる。

「み……く⁉　って、おまっ……なんだよ、いきなり！」

さすがに驚きを隠せないのか、心拍が上がったような表情だ。聞いたことがないくらい、声がひっくり返っている。

穂高君は私の腕を剥がそうと手をかけてくるけど、私は彼のサラッとした髪に顔を埋めて、いやいやと、何度も首を横に振った。

離すもんか、と抵抗して、さらにぎゅうっと腕に力を込める。

「バカ。バカバカバカッ……！」

駄々をこねた子供みたいに、なじる言葉ばかりを繰り返した。

そんな私に呆れたのか。

「……はあ」

穂高君は前を向き、なんだか脱力しながら、乾いた溜め息をこぼした。

「人の背後に忍び寄ってきて、いきなり襲いかかって。その上、バカ連発って何事？」

半分持て余すような言い方に、私はムッとする。

「バカじゃない」

「はあ？　だから、お前、いきなりなに……」

いきなりといえば確かにその通り。

今まで散々避けてきた私がこんな行動に出た意味がわからないからか、穂高君は焦れたように声をあげた。

　大きく振り向く彼に、私は顔を寄せてキスをした。

「っ……」

　触れた唇の先で、穂高君が小さく息をのむ。

　そっと唇を離して上目遣いに見つめると、彼は困惑した様子で、口を手で覆った。

「……いきなり、なにをする」

　くぐもった声で、私を咎《とが》めるように呟く。

　予測不能な私の行動に、完全に戸惑っている彼から腕を離し、身体を起こしてしっかりと立つ。

　胸いっぱいに広がった熱情に煽られまいと、必死に自分を抑えながら、ゆっくり口を開いた。

「今日、間中さんと堀田さんから、全部説明を受けた。……古谷さんの企画のこと」

「……え？」

穂高君が目を瞠り、喉に引っかかったような声で聞き返してくる。

「私……あの時カッとしちゃって、冷静になれなくてごめんなさい。穂高君を疑って……信じられないなんて言って、ごめんなさい」

私は一気にまくし立て、勢いよく頭を下げた。

「ごめん……ごめんね、穂高く……」

「謝らなくていい。美紅が言った通り。確かに俺は……今はまだ、お前にAQUA SILK以外の企画を挙げてほしくないと思ってたから」

穂高君が、私の謝罪を静かに遮った。

「あの時も、お前は俺に説明してほしいと言ったのに、できなかった俺が悪い。……美紅。頭、上げてくれ」

促され、私もおずおずと頭を上げる。

彼は顎を上げて、私を見上げていた。

思い切って一歩前に踏み出すと、穂高君が私の両手を取り、ギュッと握りしめた。

私は、一度ゴクッと喉を鳴らしてから――。

「あの時は、堀田さんのこと、言えなかったのはわかるけど。それでも、どうして。

どうして今まで、なにも弁解しなかったの」

穂高君は、男らしい喉仏を上下させただけで、黙っている。

「……どうして、『お前の夢を叶えた魔法使いも、俺だ』って、今までずっと言ってくれなかったの」

答えてくれない彼に焦れて、私は別の聞き方で畳みかけた。

それには、穂高君もグッと声をのんで反応を見せる。

私の手を離し、顔を背けてしまう彼を止めようとして。

「ねえ、なんで！」

私は腰を曲げて、穂高君の頬を両手でぎゅうっと押さえ込んだ。

逃げられないように固定して、彼の端整な……いや、今はひょっとこみたいになってる顔を覗き込む。

彼の頬が、一瞬にしてカッと赤く染まったかと思うと……。

「お前に好きだって言った後で、そんなこと言えるわけないだろうが！」

珍しく声を荒らげた穂高君に、攻め込んでいた私の方が虚を衝かれてしまう。

「っ、え？」

彼の目の前で何度も瞬きを返す。

穂高君は私の両手首を片手で掴み、勢いよく立ち上がった。形勢逆転、私は見上げる体勢になり、大きく喉を仰け反らせる。

「間中さんを、自分の魔法使いだって言って。それがきっかけで好きになった、なんて話聞いて、どんな顔して言えっていうんだよ。『お前の魔法使いは俺だから、間中さんじゃなくて俺を好きになれ』って、そう言ってよかったのか⁉ お前が困るだけだっただろうが！」

「っ……」

彼の手に、ぎゅうっと力がこもる。

両手首が痛いけれど、それよりも今、私は彼に圧倒されてしまって、声も出ない。

「俺だって複雑だったよ。美紅は間中さんを頼って依頼したんだ。間中さんからの返事じゃないとがっかりするだろう、なんて変に気遣って、間中さんを装わなきゃよかった。最初から穂高って名乗っときゃ、同じチームになれた時から、お前の目を俺に向けられたのか？って」

早口で一気にまくし立てて、穂高君はきゅっと唇を噛んだ。

「でも、違うだろ。お前の企画した商品を研究するようになって、社内では名コンビなんて言われても、美紅は俺に目もくれなかった。だから、一度逃したきっかけなんか、今さらどうでもいい。俺は仕事で……正攻法で攻め込む。そう言っただろ」

ハッと浅い息を吐き、顔を伏せた穂高君に。

「……そんなこと言って。今回のこと、私が誤解したままだったら、どうするつもりだったの」

わずかに顔を歪めて問い詰めると、彼は「はは」と困ったように笑った。

「絶対、大丈夫って信じていた、というか」

「え？」

「コンビなんて言われるようになった頃とは違う。これでも、お前との間で築き上げた関係はそう脆《もろ》くないって、信じてる」

そう言って、私の手をそっと離した。言葉の続きを待って目を凝らす私に、目尻を下げて微笑む。

「このくらいのすれ違い、怖くないから。俺はこれまで通り、自分だけにできることを続ける。それで、時間かかってでも、またお前の信頼を取り戻す。俺が考えてたのは、それだけ」

穏やかに言って、自分の靴の爪先に目線を落とす穂高君に、私の胸はどうしようもないくらい、きゅんと疼く。

「……うん」

私は、静かに頷いて返事をした。

今、彼のとんでもない優しさと大きな愛情を、この身で強く実感していた。

私が嫌われていると思うくらい、いつも素っ気なくて無愛想で。でも、本当はとびきり優しい、私のたったひとりの魔法使い――。

なんだか、胸がいっぱいになる。

「でもね、穂高君。私はその……私の傷心に付け込むって言った、ちょっとズルい穂高君も、好きで」

「……え？」

独り言みたいにボソッと言った私に、穂高君は一拍分の間を置いてから聞き返してきた。ゆっくり顔を上げ、私に探るような視線を向ける。

「あの……だから。私、いろんな穂高君、全部好き。私の夢を叶えてくれた魔法使いも穂高君だったって知って、本当に、すごく嬉しかったの」

言っていて、自分でも恥ずかしくてたまらなかったけれど、穂高君が大きく見開いた目で私を見つめているから、必死に笑顔を向けた。

「穂高君は、私だけの魔法使い。その……私、穂高君のこと、ものすごく好きだから。

正攻法とかじゃなくていいから、もう私を離さないで」

穂高君が、ゴクッと喉を鳴らした。

私が告げた言葉が、ちゃんと届いているのかわからないくらい呆けていて、反応が返ってこないことに焦らされる。

「ほ、穂高君。なにか言って」

返事をねだっているようで、私はちょっと拗ねた気分になり、穂高君から目を逸らした。

「ああ……ごめん」

穂高君の返事は、なんだかまだ上の空といった感じだったけど。

「……悪い。なんか感無量で、気の利いた言葉が浮かんでこない」

どこまでも素で呟く彼を、そおっと見つめた。

「気なんか、利いてなくていい」

目の下を赤く染めた穂高君にドキドキしながら、彼の白衣の胸元をきゅっと掴む。

穂高君は顎を引いて、私の手を見下ろし……。

「離すわけ、ないだろ」

私の頭の後ろに手を回し、優しくそっと抱き寄せてくる。

「俺は、ものすごくどころじゃなく、お前が好きだから」

「……！」

鼓膜を直接震わせるその言葉に、私の胸は悔しいほどきゅんとする。

穂高君は、激しくときめく私を、知ってか知らずか。

「美紅」

片方の腕を私の腰に回し、クッと引き寄せ、

「……抱きたい」

私の耳元で、反則なほど、甘く囁いた。


バスルームから、シャワーの水音が聞こえてくる。

先にシャワーを済ませた私は、穂高君が出てくるのを待ってドキドキしながら、部屋の隅っこのショーケースの前に佇んだ。

どれもこれも、私の大事な魔法のアイテム。別名〝自己満足スペース〟ともいえるそれを見下ろし、私はいつの間にか微笑んでいた。

一度は見失った、夢の続き。

私の夢は終わらない。この先もずっと、穂高君がそばにいてくれるから、もっと

もっと追い続けられる。

今、そんな思いで、この大事なものたちを見つめられるのが、とても嬉しい。

無意識に、ガラスのショーケースを指でなぞっていると。

「あとどのくらい新しい商品を創ったら、そのケースいっぱいになるだろうな」

穂高君が後ろから近付いてきて、そう言った。

ドキッとして振り返ると、彼は濡れ髪をタオルで拭っている。腰にバスタオルを巻いただけという、超セクシーな格好。

「なっ……」

私は反射的に目を逸らし、心臓をバクバクさせながら彼に背を向けた。

「ちょっ、なんて格好して……」

裏返った声を漏らすと、穂高君が「んー?」と間延びした声で聞き返してきた。

「風呂上がりって暑いし。熱が引くまで、ちょっと涼みたい」

わりとまともな理由を言いながら、私を後ろからぎゅうっと抱きしめてくる。

「っ」

私は喉の奥で音を立てて息を吸い込み、一瞬そのまま呼吸を止めた。

穂高君は、私の肩に顎をのせ、ショーケースを見下ろしている。

「あと、ふたつ……三つ？　でもまあ、じきに溢れるほどになるだろうな」

言葉を紡ぐ彼の唇が、私の耳を掠める。

私が着ているTシャツ越しに、穂高君の体温が染み入ってくる。

激しく打ち鳴る胸の鼓動を意識して、私が身を竦めたのも、伝わったのだろうか。

彼は、クスッと小さく笑った。

「なあ、美紅」

「……なに？」

身体に回された彼の腕を気にして、なんだか警戒したような聞き方になってしまう。

「これから先も、全部俺と一緒に創ろう」

そう言いながら、穂高君が腕に力を込めた。

「お前が生み出すアイデア、他のヤツにやらせたくない」

私をきゅうっと抱き竦め、肩に額を預けた格好で言うから、なんだか甘えてるみたいに聞こえてくすぐったい。

「……私」

私は彼の腕に両手をかけ、唇の先でボソッと呟いた。

「え？」

「ほんのちょっと前に、穂高君に言われた。『俺が好んで独占してるわけじゃない』って」

照れくささもあって、拗ねた口調で、今さら蒸し返してしまう。

もちろん、脛《すね》に傷を持っている彼は、私のすぐ耳元でグッと声をのんだ。

「あれ、今思えば間中さんにヤキモチ焼いてのことだったんだろうけど、言われた方はどれだけ傷ついたことか……」

大袈裟にボヤいてみせると、穂高君が私の肩でわずかに身じろぎした。

「……失言でした。ごめんなさい」

決まり悪そうに、消え入りそうな声で謝罪する彼に、私はクスッと笑ってしまう。

「もう、『他のヤツと替わる』なんて、言わないよね？」

穂高君の胸に軽く寄りかかりながら、肩越しに振り返ると、彼もむくっと顔を上げた。

「……当たり前だろ。むしろ、俺に独占させろ」

言い方は甘えてるみたいなのに、鋭く熱っぽい瞳で、私をまっすぐに射貫いてくる。

子供と大人が同居してるような穂高君に、私の胸がドキンと大きく弾んだ。

「仕事も、プライベートも。美紅の全部、俺に」

「っ……」

言葉を返す前に、唇を塞がれた。

私はすぐに穂高君の熱情に翻弄されて、唇が離れた時には、ボーッと彼を見つめてしまった。

「俺以上の男なんかいないって、思わせてやるから」

彼はふふっと妖しい笑みを浮かべ、私の耳を唇で甘噛みしてきた。

「ん……あ」

無意識に漏れる甘い声に、自分でドキッとしてきゅっと唇を結ぶ。

「声。聞かせて」

穂高君は、耳から首筋に唇を這わせながら、そんな言葉で私を誘惑する。

私は彼にギュッと抱きしめられたまま、再び薄く唇を開いた。

「あ……歩武、く」

初めて名前を呼んだ私に、穂高君が一瞬ピタッと行動を止める。

私は背後の彼を振り返り、先ほどよりもはっきりと唇を動かした。

「歩武君。あゆ……」

「このタイミングで、名前で呼ぶとか。……お前って」

穂高君は目を伏せ、小さな吐息を漏らした。そして、クッと眉根を寄せる。なんだか苦悶するような表情を浮かべた後、抱擁《ほうよう》を解き、いきなり私を横抱きにした。

「っ、え⁉」

足元がすくわれ、ふわっと浮き上がる感覚に、慌てて声をあげる。

とっさに縋るものを探して、彼の首に腕を回してぎゅうっとしがみついた。

ほんの数歩でベッドに辿り着き、彼は私を静かに下ろしてくれた。

「あ……」

瞬きをする間もなく、穂高君がベッドに乗り上げ、私を両腕の中に囲い込む。

「狂わせてやるから、もっと聞かせて」

情欲にけぶる目元。

どこか潤んだ瞳が、たまらず色っぽい。

大きく胸を弾ませる私に覆い被さり、彼は耳元で囁いた。

「俺の名を、呼ぶ声」

「んっ……あ、歩武く……。歩武、君っ……！」

私はすぐに彼に翻弄されて、その夜、乞われるがまま、何度もその名を呼んだ。

長く続いた残暑が終わり、ようやく秋の気配が漂い始めた、九月下旬。

今日は業務終了後に、AQUA SILK の秋冬モデル販売開始に先駆け、社を挙げた出陣式が予定されている。

我が社の売り上げトップを誇る主力ブランドのイベントは、高級ホテルの宴会場で、華々しく盛大に行われる。社長、副社長はもちろん、取締役陣もずらっと居並ぶ。

そのため、私もちょっとフォーマルな、ネイビーのワンピース姿。

日中社内で会った他のメンバーたちも、いつもよりわかりやすくおしゃれしていた。

出陣式の趣旨は、チームの営業・販売社員の激励と景気づけだけど、製作サイドの私たちの、慰労の意味合いもある。

普段はお目にかかることもない会社のトップが、わりと気さくに声をかけてくれる。立食形式で、食事も豪華で美味しい。

初めての時は緊張したけど、何度かこなしてみると、私にとって出陣式は窮屈なものではなく、むしろ毎回楽しみだったりするのだけど――。

「もう！　歩武君ってば！」

一緒に行こうと誘うつもりで、早めに仕事を切り上げてラボを訪ねると、歩武君はなんの支度もしておらず、相変わらず実験の真っ最中だった。

「美紅、うるさい」

その上、恋人の私に、なんとも素っ気ない口ぶり。

彼は実験テーブルの前に立ち、試験管を目の高さに摘まみ上げ、軽く揺らしている。

「う～ん。もうひと息……」

なにか納得がいかないのか、左手で顎をさすりながら呟く。

「やっぱ、パラベンもっと減らしたいな。使用期限短縮にならない、限界ギリギリまで……」

真剣な鋭い瞳が、いかにも研究者らしい。

思考を巡らせる厳しく難しい横顔も、私は大好きだけど。

「出陣式だってば！　なんで全然支度してないの!?」

しかも、いつもに比べて、髪が乱れてるのはどうして!?

私は焦れた気分で、彼の白衣をグイと引っ張った。

「あ、おい」

その反動で背を反らした歩武君が、ギョッとしたように振り返る。

「美紅、俺、薬品扱ってるんだけど」

「それは置いて！　ここに座って！」

歩武君は私の剣幕にたじろいだ様子で、それ以上は言い返さず、わりと素直に丸椅子に座ってくれた。

「なに？　美紅」

私がなにをしようとしているか確認するように、肩越しに見遣ってくる。

私は歩武君に構わず、バッグからブラシを取り出した。それを手に、早速彼の髪を梳《と》かし始める。

出陣式に出席するために、彼の支度を手伝おうとしていると、理解したのだろう。

「美紅、俺、出陣式はいいから」

歩武君が眉根を寄せて、私の手を掴んで止める。

「よくないの。私たちチームのためにしてくれることなんだよ？」

「営業の激励だろ？　第一、こんな上期末で忙しい時にやるか、普通」

私が、掴まれた手を払おうとすると、その前にきゅっと力がこもった。

「それは仕方ないでしょ、経営陣勢揃いなんだから。それに、私たち、製作サイドの慰労会でもあるんだってば！」

「あー……。どうでもいいけど、俺、そういう派手なの苦手なんだよ」

「人より派手な顔してるくせに、なに言ってるの。歩武君、自覚ないだけで、結構目立つんだから」

歩武君は、「は？」ときょとんとしている。

私は歩武君には答えず、もう片方の手で彼の手を解いた。そして、有無を言わさず、彼の髪に触れる。

なにがなんでも、連れていく。

私の意気込みが伝わったのか、歩武君は肩を竦めて溜め息をついた。

「俺、今までも出陣式は出たことないんだけど」

「え？　そうだった？」

ボソッとボヤくのを聞いて、私は目を丸くした。

歩武君が、「うん」と頷いて返してくる。

「お偉いさん勢揃いの会なんて、堅苦しいだけで肩凝りそうだし」

「もう。そんなことないって。高級ホテルだし、お料理も豪華だよ〜。行けば、歩武君もきっと楽しめるから！」

そうたしなめ、彼の髪に指を通した。

触ってみるとわかるけど、癖のないまっすぐな髪は、驚くほど素直な質感。ちょっと乱れたくらいなら、梳かすだけですぐに元通りだ。

「ロッカーに行けば、整髪料とかある？」

ブラシをバッグに戻しながら訊ねる。

せっかく梳かしてあげたのに、歩武君は前髪をさらっとかき上げていた。

「あるけど、いい。このままで」

「もーっ……。みんなも、今日はいつもより上等なスーツで来てるんだよ？」

「男が着飾ったってしょうがないだろ」

なんとも立て板に水の、返しよう……。

まあ、そもそも最初は、『なんで俺が化粧品なんて』と言っていたような人だ。

せっかくイケメンなのに、美意識の低い歩武君が、なんだかとても残念な感じ。

「……古谷さんの企画した商品、完成したら、サンプルもらってこよう」

腕組みをしながらボソッと呟くと、歩武君が「ん？」と振り返った。

「なに？」

私の視界の真ん中で、サッと白衣を脱ぎながら、訊ねてくる。

私は無駄に胸を張ってみせた。

「古谷さんの、メンズの企画。正式にメンバー決まって、チームが発足したそうだから」

「ああ……」

歩武君は目線を上に向けながら、軽い調子で相槌を打つ。

「堀田が、研究主任になれてよかった」

顎を引いて、緩めてあったネクタイを直しながら、そう呟く。

「うん」

それには私も、目元を綻ばせた。

あの後——。

古谷さんは、穂高君と堀田さんから真実を知らされた。私の前では相変わらず強気でツンツンと振る舞っているけど、少なからずショックを受けた様子だった。

そんな彼女に、私は自分を重ねていた。

もしも四年前の私が、夢を叶えてくれたのが間中さんではなく穂高君だと、ブランド起ち上げ当初から知っていたら……。

確かに、最初はショックかもしれない。でも、今の私は、こう思うのだ。

「本当に大事な人を見失わず、幸せに仕事ができるよね」

無意識にこぼしていた心の声を、歩武君が聞き留めたようだ。

彼は、ひょいと肩を竦め、

「優秀な後輩に、俺みたいな回り道はお勧めしない」

やや自虐的に返事をする。

それを聞いて、私はちょっと意地悪に微笑みかけた。

「ほんとにね～」

歩武君が、わずかに口をへの字に曲げた。ムッと顔を歪め、無言で溜め息をつく。

「……メシ食いに行くつもりで、行くしかないか、出陣式」

彼はふてくされたように言って、私の肩をポンと叩き、横を通り過ぎていった。

乗り気じゃないくせに、私を置いてさっさとドア口に向かっていく。

「うん」

私は、苦笑しながら彼を追った。

すると、歩武君が「あ」と思い出したように、部屋の中ほどで立ち止まった。

スラックスのベルトホールに指を引っかけ、ちょっと離れた位置から、私を観察する目で見つめる。

「な、なに？」

まっすぐ向けられる、彼の柔らかい瞳に、私の鼓動が否応なく跳ね上がった。

カッと頬を染め、高鳴る胸に手を当てる私に……。

「ごめん。言いそびれてた。今日の美紅、いつもよりすごく綺麗だ」

「っ……」

照れくさそうにはにかんだ笑みを浮かべ、それでも直球で褒めてくれる彼に、私のドキドキは止まらない。

「ほ、褒めるの、遅い」

私は照れ隠しで素っ気なく返し、視線を逃がした。

「最初から思ってたけど、タイミング逃したんだって」

歩武君はとぼけた調子で言い訳しながら、再び私の前に戻ってきた。

「う、嘘ばっかり。実験に夢中だったくせに……」

両足を揃えてピタリと足を止めた歩武君に、私は拗ねた気分で唇を尖らせる。

その途端、歩武君がサッと背を屈めて、私にキスをした。

しっとりと押し当てられた唇が、私のそれをくすぐるように動く。

「っ」

瞬時に背筋に甘い痺れが走り、私は思わず彼の腕に手をかけた。

「ん……、んっ」

いつの間にか絡まり合った舌を動かし、必死に応えようとするだけで、頭の芯が蕩《とろ》けてとろんとした気分になる。

と、その時――。

「おーい、歩武！　お前んとこにあるかな？　貸してほしい薬品があるんだけど」

ドアの方から声がして、私も歩武君もほとんど飛び退くように、お互いから離れた。

「っ、え？」

歩武君が、一瞬間を置いて聞き返しながら、背後に目を遣る。

私も激しく拍動する胸元をぎゅうっと握りしめ、意味もなく明後日の方向に顔を向けた。

「あれ。冴島さん。来てたの」

大きな機械の間からひょこっと顔を出したのは、間中さんだった。

「こ、こんばんは」

私はどぎまぎしながら、彼に挨拶をする。

間中さんは、私と歩武君に交互に視線を向けてから、私にニッコリと微笑みかけた。

「冴島さん、今日の服、決まってるね」

「え？　あ、ありがとうございます。今日、これから AQUA SILK の出陣式で」

私がそう答えると、間中さんは「そうだった」と、合点した様子で顎を撫でた。

そして、ちらりと歩武君に視線を向ける。

「珍しい。歩武、行くんだ？」

ニヤリと口角を上げる彼に、歩武君が太い溜め息で応える。

「冴島に、迎えに来られてしまったので」

「へぇ～。そっか」

「必要な薬品あったら、適当に持っていってください」

入れ違いでドアに歩いていく歩武君に、

「行ってらっしゃ～い」

間中さんが、ヒラヒラと手を振った。

「あ、じゃ、すみません」

私も彼に軽く頭を下げて、歩武君を追おうとすると……。

「冴島さん」

「え？」

間中さんに名を呼ばれて、足を止める。

振り返ると、彼がなにか意地悪に目を細めた。

「これからは、歩武が研究室にひとりでいる時に訪ねてくるなら、ドアの鍵は閉めておくことをお勧めするな」

「鍵？」

白衣のポケットに両手を突っ込み、小首を傾げる間中さんに、私は瞬きを返す。

彼はスッと背を屈め、私にコソッと耳打ちした。

「口紅。剥げてるから、直していった方がいいよ？」

「……‼」

なにを仄《ほの》めかされたのか行き当たり、私は大きく目を剥いた。

私の反応を観察していた間中さんが、ブブッと吹き出す。

「ほら。社内一の〝パートナー〟に、エスコートしてもらっておいで」

彼はからかうように言って、私の肩をトンと押した。

その反動で一歩前に出た私は、

「い、いい、行ってきますっ」

顔が真っ赤になるのを抑えられないまま、裏返った声で挨拶をして、まるで逃げるように歩武君を追いかけた。

先に廊下に出て待っていた歩武君が、紅玉リンゴも真っ青な私の顔を見て、

「ん？」と怪訝そうに小首を傾げる。

「どうかした？」

「パートナーに、エスコートしてもらえって」

そっぽを向く私に、彼はきょとんとした顔をする。

「……口紅、剥げてるよって」

「……！」

ふた言目で、歩武君も合点したようだ。ハッとしたように、大きな手で口を覆う。

「見られたな。きっと」

「っ……‼」

彼の独り言のような呟きに、私の体温は急激に上昇し、額に変な汗が浮かぶのを感じた。

「嘘……もう、やだ……」

頭のてっぺんから湯気が上ってるんじゃないかと思うほど、顔が熱い。

思わず両手で頬を押さえる私の前で、歩武君は「はは」と苦笑いをした。

「でも、いいな」

そう言って、私の肩に大きく腕を回してくる。

「ひゃっ」

私は一瞬よろけて、彼の肩口にトンと額をぶつけてしまった。

「も、もう！　言ってるそばから……！」

慌てて歩武君の腕から擦り抜けようとする私に。

「これからは、お互いの魔法使いじゃなくて、パートナー。その方が、ずっと素敵だ」

彼が、目元を綻ばせた。

嬉しそうな笑顔に、私の胸はきゅんとして、やっぱりときめいてしまう。

「さて。じゃあ、美紅をエスコートするのに恥ずかしくないよう、上着取りに行くか」

歩武君は目を細めてふっと笑ってから、私から腕を離した。

まだドキドキと激しく鼓動を加速させる私を置いて、さっさと廊下を歩いていってしまうけど……。

「……もう」

鏡を見なくてもわかる。

私の顔は、にやけてふやけているはずだ。

コンビでも相棒でも、魔法使いでもない。私と歩武君は、社内一、最高のパートナー。

その言葉が、優しく温かく胸に刻まれる。

今、歩武君のたったひとりの存在でいられることが、とてもくすぐったくて、だけどすごく嬉しくて幸せで――。

「待って、歩武君！」

私の呼びかけに、彼はその場に立ち止まり、大きく手を差し伸べてくれる。

「おいで、美紅」

私は、弾かれたように床を蹴って、彼に向かって走り出した。

広くて頼もしい背中。

大きな温かい手。

私の夢を叶えて、幸せをもたらしてくれた、たったひとりの魔法使い。

歩武君は、私の人生で唯一の、大切な人。

これから先も、ずっと。

特別書き下ろし番外編

拡がりゆく魔法

美紅から、「歩武君、今週末、予定空く？」と聞かれたのは、師走《しわす》に入ったばかりの、毎週水曜日のブランド定例会議の後のこと。

プロジェクトメンバーはもう全員退室していて、最後まで残っていた俺に、彼女がどこか遠慮がちに近付いてきた。

「週末？」

そういえば、今週末は、まだデートの約束してなかったな。

休日出勤になる恐れがないか、目線を上げて脳裏にスケジュールを巡らせる。

「ああ。多分大丈夫」

「ほんと？　よかった」

美紅が、ホッと吐息を漏らして、はにかんだ笑みを浮かべる。

「なに。どこか、行きたいとこでもあった？」

デートにOKしただけで嬉しそうな美紅に、俺の胸も躍る。

しかし、それはおくびにも出さずに会議資料をザッととまとめ、小脇に抱え込んだ。

どこにでも連れてってやる、という意気込みで、グッと胸を反らしてみせる。

すると、彼女は、小さくかぶりを振った。

「行きたいとこじゃなくてね。一緒に来てほしいところがあって」

「来てほしい？」

一緒に出かけるという結論としては、どっちも変わらないような気がする。

でも、『来てほしい』と改められると、美紅ではなく、俺が行ってこそ意義がある、そんなニュアンスが強まる。

しかも、美紅がやや言いづらそうに目を泳がせるから、俺も微妙な警戒心を宿した。

「……どこ？」

「うち」

「なんだ」

探り合いの短い会話の応酬の末、俺は表情を和らげた。

「美紅の部屋に行くぐらいなら、そんな改まって誘わなくても……」

「あ。違うの。うちって、実家のこと」

「……へ？」

即座に言い直して遮られ、俺はきょときょとと瞬きで返した。

美紅の説明によると、先日電話で、俺のことをお母さんに報告したそうだ。『めちゃめちゃイケメンの彼氏ができた』と、かなり盛った言い方をしたようで、結果、『ぜひ連れていらっしゃい！』と、ノリノリで返された、と。

正直に言うと、俺は昔から、人前に出るのも、初対面の人と会話をするのも苦手だ。根っからの理系人間で、人間を相手にするよりも、化学式やら細菌やら難解なロジックを相手にしている方が気楽。付き合うようになる前、美紅に散々『つれない！素っ気ない‼』と豪語されたが、彼女に対してだけじゃなく、俺は元来そういう男だ。

こんな俺が、美紅の親に、初対面でいい印象を持ってもらえるんだろうか？

恋人になってまだ三カ月で、彼女の母親とのご対面は、俺にとってまだ時期尚早というか。本音で言うと、想定外だった。

これは難解な化学式を解くより、難易度が高い。ああ。すげえプレッシャー……。

しかし、ふと思い出す。

彼女に、〝美しい紅〟という意味を持つ名を与えた人だ。

俺は、彼女の名を初めて知った時、化粧品の企画をするためにつけられたような名前だな、という印象を抱いた。実際、彼女は生まれながらに、化粧品を生み出す力を備えていた。どんな思いで名付けたのか、聞いてみたい。

それに……美紅の母親は、彼女の人生で、最初の〝魔法使い〟だ。

そして迎えた週末。俺の車で、小一時間ほどドライブし、午後二時、東京都下の閑静な住宅街にある、美紅の実家の玄関口に立った俺は——。

「や〜だ、美紅！　ほんとイケメンね。こんなイケメン、生まれて初めて見たわ〜」

思った通り、明るく快活。美紅と瓜《うり》ふたつといっていいお母さんに、出迎えられた。

今日の俺は、ノーカラーのシャツにチノパン、ジャケット……という、普段のデートよりやや硬い、休日出勤時と変わらないスタイル。初めての実家訪問なら、やはりスーツで行くべきか？と悩んだ俺に、美紅は『気負わなくて大丈夫。いつもと同じでいいから』と助言してくれた。

確かに、改まったスーツだったら、もっと堅苦しい空気になっただろう。

「え、えと……。初めまして」

とはいえ、予想を超えて弾けたお母さんの前で、俺はたじろいでしまった。

「美紅さんと同じ会社で、研究員の職に就いております、穂高と申します」

拝むように両手を組み、目をキラキラさせて詰め寄るお母さんに、やや腰を引き気味に、大仰にならない程度に頭を下げた。

「ええ、ええ、聞いてるわよ、歩武君。美紅とは同期で、化粧品を創るって夢を叶えてくれた魔法使いで、その後も一緒に夢の続きを追いかけてくれる魔法使いでもあるんだ、って」

玄関の上がり框《かまち》に立ち、軽く俺を覗き込んでくるお母さんの前に、美紅が慌てて割って入ってきた。

「もう、お母さん！　食いつきすぎ！」

〝お触り禁止〟とでもいうように、両手を大きく横に広げ、俺の前に立ちはだかる。

「……それに、恥ずかしいから、本人の前で言わないで」

俺が顎を引いて見下ろすと、美紅は耳を真っ赤に染めて、そっぽを向いていた。

ふてくされた様子の彼女に、お母さんはきょとんとしてから、ふふっと目を細める。

「なあに？　随分と初々しいこと言うじゃない。もう三年コンビ組んでるんでしょ？」

「そうだけど。付き合うようになったのは最近だし、私も歩武君も、まだお互いのこと知り尽くしてるわけじゃないの。だから、なんでもかんでも話されると、恥ずかしいのっ」

照れ隠しなのか、美紅はややぶっきら棒に言い捨て、半ばやけ気味に家の中に入っていった。無駄に足音を立てて、廊下をずんずん奥に進んでいく彼女に、俺が呆気に取られていると。

「穂高さん、改めまして、美紅の母です。さ、あなたも中にどうぞ」

お母さんが、にこやかな柔らかい笑顔で招き入れてくれる。

さすが、血は争えないというか……見た目もそうだけど、無自覚に俺の心を和ませる空気感とか、お母さんは怖いくらい美紅によく似ている。

「……ありがとうございます。お邪魔します」

俺も少し緊張を解して表情を和らげ、用意されていたスリッパに足を滑らせた。

俺の実家とそれほど変わらない、ごく普通の４ＬＤＫの一戸建て。

採光抜群の大きな窓から、秋の陽が射し込む心地いいリビングで、美紅とお母さんが、女同士の会話を弾ませている。

俺はコーヒーを飲みながら耳を傾け、無意識に目を細めて眺めていた。

『私も歩武君も、まだお互いのこと知り尽くしてるわけじゃないの』

先ほど、美紅がお母さんに向けてそう言うのを聞いて、俺はほんの少し反論したい気分でいた。

彼女が言う通り、恋人になってからはまだほんの三カ月だが、俺はもう長いこと美紅に片想いしていたから、彼女が思う以上にいろんな顔を知っていると自負していた。でも……今、母親を前にはしゃいだ声をあげる美紅は、オフィスでの彼女より幼い印象だ。俺とふたりでいる時とも、ちょっと違う。知らない彼女を前に、新鮮な気分になる。

女ふたりで会話が弾み、俺はほとんど聞き役だけど、時折話を振られて言葉を挟むくらいが、俺にはむしろちょうどいい。

リビングのソファに腰を沈めて、どのくらい経ったか。

「ちょっと」と美紅が手洗いに中座して、俺とお母さんはふたりで取り残された。

冷めたコーヒーを口に運ぶお母さんに、俺は思い切って「あの」と切り出した。

「美紅……さんの名前って。どんな由来があるんですか」

俺を促すように目線を上げてくれたお母さんが、きょとんとして瞬きで返してきた。

「名前？」

「あ、はい。その……俺、美紅さんのことは結構前から見知っていて。後になって名前を知った時、ほんと、ぴったりだなって思ったので」

言い回しが間違っていないか？

そんなことを気にして目線を横に流しながら、ややたどたどしく質問をする。

「化粧品の企画の仕事をするには、ってこと？　そうね。〝紅〟ですもんね」

お母さんが明るく笑うのに同意して、俺は大きく頷いた。

「確かに、〝名は体を表す〟って典型みたいよね、あの子。でもね、穂高さん。美紅は昔からお化粧好きではあったけど、最初はまあひどいものだったのよ」

お母さんはそう言って立ち上がり、リビングの隅にあるサイドボードに向かっていく。再びソファに戻ってきた彼女の手には、古い台紙式のアルバムがあった。

「穂高さん、これを見て」

それをテーブルに置き、俺の前で開いてくれた。

「ぶっ……」

開かれたページを覗き込み、俺は勢いよく吹き出した。慌てて、口に手を遣る。

「私の化粧品を勝手に使ってお化粧していた頃の、美紅の〝作品〟。ひどいでしょ」

「化け物……」

つい、心の声を漏らした俺に、お母さんが「でしょう？」と目を細める。

写真に写っているのは、まだ幼稚園か小学校低学年くらいの女の子。はっきりした二重目蓋の目元や、ぽってりした唇は、確かに今の美紅の面影がある。

しかし、写真の中の幼い美紅は、歌舞伎の隈取《くまどり》とか、サーカスのピエロとか……そういったたとえようしかない、なんとも斬新なメイクを施している。

「最初の悪戯は、幼稚園の頃だったかしら。何度叱っても繰り返すから、なにかのイベントの時だけ、私がメイクしてあげるようになったの」

昔を懐かしんで顔を綻ばせるお母さんに、俺も相好を崩した。

「聞いてます。美紅さんは、自分をお姫様にしてくれたお母さんのことを、魔法使いだって、俺に教えてくれました」

そう言って写真から顔を上げると、お母さんが、美紅によく似た穏やかな笑みを浮かべた。

「あの子は、昔から夢みたいなことばかり。でも、あなたはそんな自分でも笑わずに、支えて応援してくれる、って。美紅は私に、嬉しそうに教えてくれたわよ」

ありがとう、と小さく頭を下げられ、俺もどこかくすぐったい気分になる。

「美紅さんは、俺にとっても魔法使いなんです」

「え？」

「今の俺が在るのは、彼女のおかげなんです。だから、その……美紅さんが化粧品を創りたいって思うきっかけを与えてくれたお母さんは、俺の魔法使いでもあるんだなって。……その、ありがとうございました」

美紅ならともかく、大の男の俺まで、随分とメルヘンなことを言っている。

さすがにこっ恥ずかしくなって、みるみるうちに赤くなる顔を隠そうと、手を当てる。その向こうで、お母さんはクスクス笑っていた。

「穂高さんって、理系人間のわりに、空想ばかりの美紅と結構感性が合うのかしら？」

「……そこは、なんとなく否定しません」

「あら。じゃあ、美紅は公私共に、最高のパートナーをゲットしたってことね」

お母さんが何気なく口にした言葉が、俺の胸にストレートに刺さり、ドクンと湧き上がるような音を立てる。

「っ、あの、俺」

なぜだか急に気が急いて、腰を浮かせてテーブル越しに身を乗り出した。

「俺……いつか、本当の意味で、美紅の最高のパートナーに……」

喉を仰け反らせて俺を見上げるお母さんに、声をつっかえさせながら口走った、その時。

「っ、ああ～っ！」

突如あがった、素っ頓狂な声に遮られた。

「っ、へ？」

気が逸って勇み足を踏みかけた俺は、中途半端な姿勢で振り返る。

リビングのドア口に立っていた美紅が、慌てふためいて駆けてきた。テーブルに広げられたアルバムを、すごい勢いでバタンと閉じる。

「お、お母さん！　歩武君に、なんてもの見せるのっ」

頭のてっぺんから湯気が立ちそうなほど顔を真っ赤にして、怒鳴る。

「あら、かわいいじゃない。まあ、化粧品を創るために生まれてきたような美紅しか知らない穂高さんには、一見、〝化け物〟だったみたいだけど」

お母さんが目を細めて揶揄するのを聞いて、俺はグッと詰まった。

「～だから、見せないでって！」

美紅は羞恥《しゅうち》のせいか泣きそうになって、立ち尽くしたままプルプルと身体を震わせている。

「あ、いや、美紅。化け物ってのは、言葉のアヤで……」

頭をかきながら、ドスッとソファに腰を戻す。

俺が取り繕おうとすると、お母さんが言葉を挟んだ。

「でも、美紅の大事な人だから、包み隠さず教えてあげなきゃ」

それまでの弾けたテンションをすうっと引いて、穏やかな口調で彼女をたしなめる。

それを聞いて、美紅が口ごもる。

俺は、お母さんの方につっと目を遣った。

宙で視線がぶつかると、彼女は慈愛に満ちた美しい笑みで返してくれる。

「これからも、美紅をよろしくね、穂高さん」

それは、きっと、〝仕事で〟という意味だけじゃない。俺が口走った、〝いつか〟への回答のように思えて、ゴクッと唾を飲んだ。

「は、い。もちろんです」

返事の第一声が、喉に引っかかる。それでもはっきり、言葉で返した。

俺が、お母さんの意図をしっかりと汲んだことを伝える横で、美紅は訝しげに、俺たちを交互に見遣っていた。

「お母さん、歩武君のことすごく気に入ったみたい。でも、なあに？　私が入り込めない、あの空気」

週が明けて月曜日。近くの商業ビルのグランドフロアにあるイベントホールで顔を合わせた途端、美紅がコソッと声をかけてきた。

「あの空気って？」

会場の片隅で壁にもたれかかって腕組みをして、美紅の方に少しだけ身体を傾けて、その先を促す。

彼女は背伸びをして、まるで内緒話でもするみたいに、俺の耳元に顔を寄せる。

「だから、あの！　なんか、〝ふたりだけわかり合っちゃってます〟みたいな？」

顔の横に立てた手で口元を隠し、ちょっと拗ねた声で囁かれ、俺は思わず苦笑した。

ここで今日の正午から、AQUA SILK の最新秋冬ファンデーションの販促イベントが催される。イベントの主体は販売部で、製作側の俺たちに役目はない。

でも、今朝になって、美紅が販売部の新井さんに呼ばれた。俺はその美紅に誘われ、仕事の手を止めて会場に駆けつけていた。

テレビでもオンエア中のCMを映し出す大きなプロジェクターを背に、ステージが設置されている。その両端には、駅や街中に貼ってあるポスターが飾られていて、今、販売部員たちは最終準備の真っ只中だ。来場者に配るサンプルを確認したり音響テストをしたりと、広い会場を縦横無尽に行き交っていて、なんとも忙しない。

だから、一応周りに知り合いの姿が何人もあるとはいえ、そこまで声のトーンや大きさを気にする必要はないと思う。むしろ、ふたりでこそこそ小声で耳打ちし、〝内緒話〟といった行動の方が、よほど怪しまれるというか……。

「あ、いたいた、美紅さん！　って、穂高さんも？　も〜！　隅っこだからって、なにをいちゃいちゃしてるんですかっ」

案の定、美紅を探していた様子の新井さんが目ざとく見つけて、思いっきり人差し指を指してきた。

美紅がわかりやすくビクンとして、無駄にシャキッと背筋を伸ばす。俺も、彼女の方に傾けていた身体を、まっすぐに戻した。

「い、いちゃいちゃなんてしてないよ？　ね？　穂高君」

こちらにずんずん歩いてくる新井さんに、美紅は頬の筋肉を引きつらせながら、取り繕った返事をする。

「……まあね」

俺も一応彼女に合わせて、明後日の方向に視線を逃がした。

メンバーだけじゃなく社内の人間にまで、プライベートでも〝名コンビ〟なのだろうなんて勘繰られていたことは、俺も知っている。それが真実になっただけだし、俺たちの関係をそこまで必死に隠すことはない、というのが正直な気持ちだが、真面目な美紅は、社内では秘密を貫こうとしている。

『これからも同じプロジェクトチームなんだし。周りに知られたらやりづらいこともあるし、歩武君だって、冷やかされたりからかわれたりするのは嫌でしょ？』

まあ、言い分はごもっともだけど……。

俺たちの前まで来て、新井さんは両足を揃えて立ち止まった。なんだか居丈高に両手を腰に当てて、俺たちをじっとりとした目で見ている。

「な〜んか最近怪しいんですよね、おふたり……」

「っ、な、なにが？」

「美紅さん、〝名コンビ〟っていうのはあくまでも仕事上だけって、言ってましたよね。でも最近、ちょっと親密っぽいっていうか。穂高さんも、なんか柔らかいし……」

顎に手を遣り、わりと鋭く探ってくる新井さんの前で、美紅は完全にしどろもどろになっている。

探られたら嘘がつけない、素直すぎる彼女の性格。俺は、プロジェクトメンバー公認の仲になる日も近い……と踏んでいる。

しかし、ここで美紅ひとりにわたわたさせていたら、後になって『いつも歩武君は』とぐちぐち文句を言われることになる。

「そんなことより、新井さん」

俺は話題を逸らそうとして、口を挟んだ。もちろん、新井さんも俺がごまかすつもりだと思ったのか、「は？」と不服そうに口をへの字に曲げる。

「わざわざ冴島をここに呼んだ理由。そろそろイベント始まるけど、説明しなくていいの？」

俺は素知らぬ顔で腕組みを解き、左手首の腕時計で時間を確認する仕草を見せる。

それには新井さんも「あ、そうでした！」とポンと手を打った。

「すみません、早速ご説明しますね。ええと、実はこのビル、お昼時のこの時間は、近隣ＯＬだけじゃなく、子連れでママ会に訪れる人も多いそうで」

「う、うん。そうよね。知ってる」

一転して真剣に話し始める彼女に、美紅がわかりやすくホッと胸を撫で下ろしながら、相槌を打つ。

「で、子供向けに〝メイクで変身〟コーナーを企画したんですが、講師を依頼したメイクアップアーティストさんが、急病で来れなくなり……」

「えっ？　た、大変……」

ギョッと目を剝く美紅に、新井さんは「そうなんです」と肩を落として溜め息をつく。しかし、すぐにキリッと眉尻を上げて……。

「ってわけで、美紅さんにお願いです。急遽で申し訳ないんですが、ぜひ！　講師代行務めてもらえませんか⁉」

「……へ」

突然の申し出に、さすがに美紅もポカンとして、目と口を大きく開けていた。


定刻通り、イベントは始まった。

広い会場に用意された観覧用のパイプ椅子は、八割方埋まっている。オフィスからランチに訪れた途中で遠巻きに眺めているＯＬの姿も多く、販促イベントはなかなか盛況だ。

ステージ上でのトークが終わると、次は美紅が駆り出された子供向けコーナーだ。

先ほど、新井さんから、企画内容は簡単に聞いた。

『商品の売りポイントを伝えてほしいので、企画主任の美紅さんが適任なんです！』

事前に広告や宣伝で申し込みを受けていて、すでに五人の参加者が決まっているらしい。相手が子供だからか、怯んでいた美紅も最後は首を縦に振った。

「お待たせしました！　続いて、〝メイクで変身〟のコーナーです！」

プロの司会の女性が声高らかに宣言すると、五人の参加者が母親と共にステージに上がった。このコーナーの趣旨が説明される中、三〜五歳くらいの少女たちが、用意された椅子にちょこんと腰を下ろす。

「本日講師を務めるのは、我がAQUA SILKブランドの、冴島企画主任です」

拍手が湧く中、紹介を受けた美紅がステージに現れた。

やや強張った表情。右手と右足が一緒に出そうな、たどたどしい足取り。

ステージの右手、会場の隅っこの壁に背を預けて眺めている俺にも、すごく緊張しているのがわかる。

彼女はステージ中央まで進むと、サッと視線を走らせた。それがこちらに流れ、俺の上で留まる。

宙で目が合い、俺は一瞬瞬きをした。けれどすぐに口角を上げて、親指を立ててみせる。『ガンバレ』と口だけ動かした。

それがちゃんと届いたのか、美紅がふわっと表情を和らげた。

〝メイクで変身〟コーナーが始まった。

最初はぎこちなかった美紅の動作も、進むにつれて、滑らかに変わっていった。

司会の女性にマイクを向けられ、応答しながら子供にメイクを施す美紅を見つめるうちに、俺の脳裏には、この週末に見せてもらった、幼い頃の彼女の写真が浮かび上がってきた。

あの出来栄えを思い出すと、ついつい笑いが込み上げてきて、口元が緩むのを抑えられない。

自らの顔に、歌舞伎の隈取を連想させる強烈なメイクを施していた美紅が、今、その頃の自分と同じ年端の少女たちを、変身させようとしている……。

無邪気で幼い美紅とお母さんの姿を、今、この目で見ているような錯覚に襲われる。

俺は、なにかに導かれるように、ステージに向けてふらりと一歩踏み出した。

と、その時……。

「ほ〜ら。亜美《あみ》ちゃん、お姫様になった！」

メイクが完成したのか、司会者の手のマイクを通して、美紅の弾んだ声が響いた。

手鏡を受け取り、そこに映る自分の顔を見て、ぱあっと笑顔を咲かせる少女に、会場からも拍手が湧く。

俺は、思わず胸元をグッと握りしめた。やけに鼓動が速い。

昔、お母さんに魔法をかけてもらった美紅が今、少女たちの魔法使いになった。

その瞬間をこの目で見た気がして、自分でも驚くくらい、胸が高鳴っている。

ステージ上で、美紅は子供と母親に囲まれ、笑顔で記念撮影に応じている。

「化粧品って、本当に魔法のアイテムなんだな……」

信念を持ってそれを生み出す美紅に、なにか畏怖《いふ》のようなものを感じる。

身体の奥底から湧いてくる戦慄。全身に、ぞわっと鳥肌が立った。


俺はイベントの途中で会場を抜け、研究室に戻ってくると附室にこもった。

ひとりきりの附室に、マウスをクリックするカチカチという音が響く。これまでに手掛けた商品の研究資料を、片っ端からパソコンモニターに展開していった。

中庭に続く奥のドアの向こうで、陽が落ちたことにも気付かないほど、一心不乱になっていた。

昼間、美紅に感じた畏怖の念にかき立てられていた。

彼女が幼い頃から抱き続けた夢。願った魔法は、あらゆる世代から世代へと、受け継がれていくもの。それを目の前にして、今までにないくらい心が揺さぶられた。

それと同時に、なんとも形容しがたい不安に襲われ、俺は激しく動揺していた。

これからも彼女を支えるだけの力量が、この俺にあるんだろうか——。

自分に『大丈夫だ』と言い聞かせるつもりで、今までの研究資料を漁り続けた。

美紅と一緒に世に生み出した商品はたくさんあって、どれだけ時間が経っても、すべて見尽くすことができない。その多さが俺を安堵させ、奮い立たせてくれる。

「っ、はは」

作業に疲れ、俺は椅子に大きく背を預けた。喉を仰け反らせて低い天井を仰ぎ、目頭をグッと指で押さえつける。

と、その時。

「歩武君。……いる？」

附室のドアをノックする音と同時に、遠慮がちに呼ぶ声が聞こえてきた。

もちろん、美紅だとわかる。

「……いるよ」

「入っていい？」

「どうぞ」

短いやり取りの後、視界の端でドアが細く開いた。

仕事を終え、その帰りなのか、美紅はコートを腕にかけている。

「今日は、突然のイベント参加、お疲れ様」

椅子にもたれたまま、頭の後ろで両手を組んだ。

俺の声かけに、彼女が「ん」とはにかんだ笑みを浮かべる。

「驚いたけど、楽しかった」

「そっか。よかったな」

「歩武君は、なにしてたの?」

美紅がデスクのすぐ横まで来て、そっとパソコンモニターを覗き込む。

「俺の彼女って、実はすごく偉大な人物だったのかって、畏れてた」

本心で告げたつもりが、彼女は真剣に取り合わず、「はは」と苦笑を漏らす。

「ね、それより、見て。今日、私がメイクしてあげた子供たちと撮った写真、新井さんが早速プリントしてくれたの」

デスクの隣にパイプ椅子を開いて腰を下ろし、バッグから白い封筒を取り出した。

そこから摘まみ上げた写真を、俺のデスクに並べてくれる。

「なんかね、昔を思い出しちゃった」

ウキウキとした口調。俺は黙って彼女に横目を流す。

「私も、『お姫様になった』って、お母さんに魔法をかけてもらったなあって」

「……俺も、こんな感じだったんだろうなって、想像してた」

「ふふ。そう?」

嬉しそうに目元を綻ばせる美紅に、何度か頷き返した。

「けど……」

俺はギシッと椅子を軋ませて、デスクに頬杖をついた。そこから一枚の写真を取り上げ、目の高さに掲げる。

「今日、美紅にメイクしてもらったこの子たちにとっては、お前こそ魔法使いだよな」

「え？」

美紅は虚を衝かれた様子で、きょとんとしている。

「あの子たち、きっとお前みたいにおしゃれするのが好きになる。で、もしかしたら化粧品会社に就職したいなんて、夢を持つかも。そうなったら、美紅は魔法の伝道師だ。俺の彼女って本当にすごい女だな、って」

俺は写真をデスクに戻し、斜めの角度から彼女を見つめた。

「そう感じて、柄にもなくちょっと焦った。この先も美紅の魔法のアイテムを一緒に創り出すのが、この俺で大丈夫なのか、なんて……」

俺の言葉の途中で、美紅はきゅっと唇を結んだ。言い終わるのを待たずにパイプ椅子から腰を浮かせ、無言で俺に顔を寄せてきて……。

「っ」

「……研究室の鍵はかけてきたから、大丈夫」

俺の唇に軽くキスをして、彼女は目を伏せてそう呟いた。思わず口ごもる俺を、上目遣いに見据える。

「なんで、そんなこと言うの」

美紅は大きな瞳にいっそうの目力を込め、至近距離から俺を射竦める。

俺の心臓が、ドクッと沸き立った。鼓動が狂うのに気を取られていると、彼女は俺の首に両腕を回し、ぎゅうっと抱きついた。

「っ、美紅」

とっさに呼びかけた声は、再び彼女の唇にのみ込まれた。

「んっ……っ、美紅」

美紅からこんなキスを仕掛けられたことは、今までにない。

俺は戸惑いのあまり、不覚にもされるがまま、美紅より先に息を乱してしまった。

「私、は」

唇を離した美紅が、まだ鼻先が掠める距離で、小さく呟いた。

「今日、子供たちにメイクしながら、そこに並ぶ化粧品に胸が躍ったの。これも、あれも。なにもかも全部……歩武君が創ってくれたものばかり、って」

頬の下を赤く染め、必死な目をして言い募る彼女に、俺の胸が大きく揺さぶられる。

「なのに、どうしちゃったの。そんなこと言うなんて、歩武君らしくない」

俺の肩に額を預け、いやいや、というように首を横に振っている。

俺はそんな彼女の頭を見下ろし、そっと手を回した。

「……ごめん」

ボソッとした声で謝りながら、抱え込む。

「でも、魔法をたくさんの人に伝えていける、すごい女だって思ったのは、本当だし」

そう続ける俺の肩口で、美紅がピクリと震えた。

「だったら、弱気になるんじゃなくて、惚れ直してくれれば、それでいいの」

「……くっ」

拗ねた言葉が、俺の心臓を直球で撃ち抜いた。

「敵わねえなあ……」

完敗を受け入れ、俺はクスクスと笑い出す。

「笑い事じゃないの」

美紅が顔を上げて、俺を軽く睨んでくる。俺は両手を上げ、降参のポーズを取った。

「はい。スミマセン」

「わかれば、よろしい」

「なんだ、偉そう」

ボヤく俺に、美紅も目力を和らげて微笑んだ。そして、再び俺に抱きついてくる。

「ねえ、歩武君。私たちは、どっちがすごいとか偉いとかじゃない。お互いを高め合える、パートナーでしょう？」

美紅のふっくらした唇が、俺の耳を直接掠める。

くすぐったさにピクッと反応してから、「ん」と短い返事をする。

「でも、〝すごい女〟は、素直に嬉しい。だって私も、歩武君のこといつもそうやって尊敬してるから」

照れているのか、美紅はやや早口で言ってのける。

「……そっか。サンキュ」

彼女の照れが、俺にまで伝染したみたいだ。キスしたいのに、顔を合わせることすら、今は無性にこっ恥ずかしい。

結局俺は、美紅の柔らかい髪に顔を埋めて、

「俺もお前に、惚れ直したって言ってもらえる男にならなきゃな……」

半分以上自分に発破をかけるつもりで、そう呟いた。

溶け込むくらいに

週末を迎える金曜日。午後十時を過ぎても、俺はラボで、界面活性剤の実験に取り組んでいた。

水と油など、本来混ざり合わないものを、混ぜ合わせるのに必要なのが、界面活性剤。多くの化粧品で使われている成分だ。親水性か親油性かで、化粧品の性質が変わってくる。使い方次第で、異なる使用感を生み出すことができる。

AQUA SILKでは、これまではメイクアップラインで、乳化や分散という作用のもとで使用してきたが、俺は別の使い道を視野に入れて、配分調整に没頭していた。

試作品を作ってみて、組み立てた化学式を再構成する。エラーが出れば、どこで歪みが生じたか遡って、解き直す。

そんなことを何時間も繰り返しているうちに、いつの間にかとっぷりと日が暮れ、夜も更けていたというわけだ。

無意識に両腕を突き上げ、身体を伸ばした。肩甲骨のあたりで、バキッと骨が鳴る。

「……休憩するか」

言葉に出して一時休憩を決め、俺は椅子から立ち上がった。両手を白衣のポケットに突っ込み、コインケースが入っているのを確認して、デスクを離れる。

附室の向こうの研究室は、全部電気が落ちていて真っ暗だ。光源は窓ガラスから射し込む月明かりだけで、室内の実験機器が仄白く浮かび上がって見える。

やれやれ。今夜は何時に帰れるかな……。

凝り固まった肩を回して解しながら、研究室を出た。

エレベーターで五階の休憩室に行くと、俺と同じように夜通しを決め込んだらしい研究員が、何人か寛いでいた。

その中に、おにぎり片手に、スマホを操作中の間中さんを見つけた。

「間中さん。お疲れ様です」

「おー」という返事を聞きながら、奥の自動販売機に向かう。

ドリップ式の自動販売機の前に立ち、コインを投入していると、

「ぶっ」

背後で、間中さんが吹き出す声が聞こえた。

「おい、歩武。どうした、その頭」

続く忍び笑い。俺は肩越しに彼を見遣った。

「頭？」

「随分とかわいらしいヘアスタイルしてんのな」

「へ？」

抽出口からホットコーヒーが注がれた紙コップを取り出しながら、やや裏返った声で聞き返す。

早速コーヒーに息を吹きかけて訊ねると、間中さんが俺の前まで歩いてきて、自分の髪をちょんと摘まんで示した。

「髪？」

「ここんとこ」

「ん？」

その仕草につられて、自分の横の髪に手を遣った。そして。

「……んんん？」

ひと房摘まんでみると、なぜだか束になっていた。髪の束を頭から浮かして確認しようとするが、さすがに目の前まで持ってこれるほどの長さはない。

「三つ編みだな」

間中さんが腕組みをして、淡々とした口調で、四苦八苦する俺に教えてくれた。

「み、三つ編み……？」

「ちなみに、両サイドと後ろ、計四本こさえてるぞ」

俺はギョッとして、紙コップを持ったまま壁際にある洗面台に向かう。

古びた鏡に自分を映し……。

「なんだ、こりゃ」

鏡の前の出っ張りに紙コップを置き、頭のてっぺんから両サイドに垂れている三つ編みを二本、指で摘まんで持ち上げた。

心なしか、自分が耳の垂れた犬のように見える。

「さっき、冴島さん来てただろ？」

間中さんが、鏡越しに俺に目を遣り、訊ねてくる。

「え？　ああ、そういや、いつの間に帰ったんだろ……？」

『歩武君、お疲れ様！　時間あったら、夕食一緒に行かない？』

研究室を訪ねてきた美紅に、そう誘われたのは覚えている。

でも、なんて返事をしたかもうろ覚えなほどで、気付いたら午後十時を回っていた。

「……？」

顎をさすりながら、難しい顔をして考え込む。

「鍵閉めてなにしてんのかと思ったら……随分かわいいことやってんのな、お前たち」

間中さんは、口元に手を遣り、笑いを噛み殺している。

「かわいいって」

「実験の邪魔にならないようにって。冴島さんの優しさだろ、それ」

いや、俺はそうとは思えない。

「邪魔にならないように、なら、後ろまでやる必要ないんじゃ」

「バランス考えたんじゃないか？」

「そんなバカな」

鏡の前でくるっと回って、後ろの方も映して確認してみる。

というか……。彼女がいつ帰ったか、どころじゃない。俺はこれだけ髪をいじられてたのに、気付かないくらい実験に没頭してたってことか。

我ながら呆れて「はは」と乾いた笑い声を漏らし、ハッと思い当たる。

優しさ、のわけがない。これは、十中八九、彼女なりの嫌がらせだろう。

さすが、美紅。嫌がらせがかわいすぎて、微笑ましい悪戯としか思えないけれど。

「やっべえ……」

完全に放置してしまったんだ。絶対、怒ってるに違いない。

悪戯がかわいい分、これにどれほど強い不機嫌がこもっているか。それを測って、俺は顔に手を当てて呻いた。

それを聞き拾った間中さんが、「ん？」と首を傾げる。

「どうした？　歩武」

「すぐ行って謝んなきゃ、取り返しがつかなくなる」

「は？」

俺は早口で言い捨て、聞き返してくる間中さんに構わず、くるりと踵を返した。

「あ、おい。歩武、コーヒー……」

「泊まり込み、やめるんで。あげます。どうぞ！」

白衣を翻し、俺は休憩室から飛び出した。


それから一時間後——俺は美紅のマンションに飛び込んだ。

「美紅っ！」

勢いよく玄関のドアを閉め、ほとんど転がるようにして、室内に駆け込むと。

「ん……あれ？　歩武君……？」

部屋のドア口で立ち尽くした俺に、美紅がとろんとした目を向けてきた。

「なんで、入ってこれたの?」

モコモコの部屋着姿で、夜のリラックスタイム……といった感じの彼女の手には、白ワインのボトルと空のグラスが握られている。

「なんで、って。この間、合鍵交換したろ。それで……」

「ふ〜ん。そっか。あ、歩武君も、飲む?」

美紅は、どこか弾んだ口調でそう言った。グラスとボトルを部屋の真ん中のローテーブルに置き、「よいしょ」と掛け声をかけて立ち上がる。

俺の返事を待たずに、グラスを取りにキッチンに行こうとしているのか、こちらに歩いてくる。

ヨタヨタと、覚束ない足取り。俺の前を通り過ぎようとして、ふらっとよろけた。

「おい。お前、そんなに酔ってんのか?」

とっさに腕を伸ばして、彼女を支える。

美紅は俺の腕にしがみつき、俯いたまま「酔ってないもん」とボソッと呟いた。

「強くないって自分でわかってんだろ? いくら家だからって、調子に乗って飲むなって」

プロジェクトメンバーとの飲み会で羽目を外した彼女に、その後だいぶ絡まれた記憶がある俺は、呆れ半分で溜め息混じりに咎めるような言い方をした。

美紅は俺の腕の力を借りて体勢を整えてから、グッと顎を上げた。

そして、

「なーんで、このままなのー？」

どこか淀んだ目をして、ぬっと両腕を伸ばす。俺の髪、両サイドの三つ編みを両手の指先で摘まみ上げて横に広げ、間延びした声をあげる。

彼女が腕を動かし、三つ編みがちょんちょんと揺れるのを視界の端で見遣り、俺は眉根を寄せて小さな吐息を漏らした。

「もしかして、ここに来るまでまったく気付いてなかったとか？」

「いや、間中さんに言われて知ってたけど」

「じゃあ、なんで解いてこなかったの？　気に入ったとか？」

美紅は次々と質問を畳みかけながら、俺の方に一歩踏み出して詰め寄ってくる。

反射的に後退すると、俺の背が壁にぶつかった。

「んなわけないだろ。……でもまあ、せっかく誘いに来てくれたのに、申し訳なかったって、誠意のつもりで？」

じっとりした目で食い入るように見つめる彼女から逃げ、目線を宙に彷徨わせる。

「どこが、誠意なの。本当にここまで、全然気付かなかったのかって、呆れるだけだった」

美紅はむうっと唇を尖らせ、両手を離した。

「えーと……。さっき、相手してやれなくて、ごめん」

俺に背を向け、室内に戻っていこうとする彼女に、先手を打って謝った。

美紅はそれを耳に留め、ピタリと立ち止まる。

「ごめん、本当に。俺、前にも同じことして怒らせたことあったよな……」

「怒ったんじゃ、ないもん」

決まり悪くてガシガシと頭をかいた俺を、美紅が淡々と遮った。

「っ、え?」

一度ゴクッと言葉をのんでから、彼女に続きを促すつもりで聞き返す。

美紅は、わずかの間無言で逡巡して、思い切った様子でくるりとこちらに向き直った。腕組みをして、拗ねた顔で目線を横に流す。

「歩武君は、いつも研究熱心。素敵なことだし、悪いなんて思わない。……でも」

「でも?」

逆接で止められたせいで、その続きが気になる。

「……たとえば、私以外の人が一緒にいる時も、こんな無防備なのかな、って」

美紅が唇を尖らせて言った意味が、いまいち俺にはわからない。

「無防備？」

その言葉尻を拾って訊ねると、彼女は頰を膨らませて大きく頷いて返した。

「三つ編み。どこまでやったら気付いて、『やめろよ』って言うかな、って。最初は気付かれないように後ろを編んで。でも、身じろぎひとつしないでパソコン操作してるから、逆に気付かせようと思ってサイドに移って」

「……後ろが先か」

間中さんは、これを美紅の優しさだと言ったけど、やっぱり俺の思った通り、ただの悪戯だった。

「横でごそごそしてたら、視界の端くらい掠めるだろうって。なのに、両サイド編んでも全っ然反応なくて。本当は、全部編んでやろうかと思ったけど、されるがままなの見てたら、虚しくなってやめた」

「全部かよ……」

「歩武君は相変わらず地味に人気あるのに、本人無自覚だし。研究中を狙ってきた女の子に襲われたりしたら……って心配だし不安にもなって」

最後の方はほとんどやけっぱちといった感じで言い捨て、美紅は再び背を向けた。

俺は額に手を当て、「はあ」と声に出して溜め息をつく。

「そう簡単に、襲われるか、バカ」

「バカな心配したくなるくらい、無防備だったの！」

「あのなあ。バック取られるくらい無防備になるのは、美紅だからに決まってるだろ」

肩を怒らせる彼女の背中に大股で歩み寄り、言い切ると同時に後ろからグッと抱きしめた。

俺の腕の中で、美紅は一瞬ハッと息をのみ、わずかに身体を強張らせる。

「ほらな。お前だって」

少し背を屈め、彼女の耳元で声を低くしてボヤく。

「わ、私は、後ろにいるのが歩武君だってわかってるから……！」

「俺も、一緒。ついでに言うと、お前が俺に触れてなにをしようと、俺の感覚の一部になってるから、不快感も違和感もない」

「え？」

美紅が、肩越しに振り向いた。黒い大きな瞳が、俺を探って目の前で揺れる。

「ごめん。俺、語彙力ないから、うまく説明できないけど。つまり、美紅に触れられるのは、俺にとっては日常的なこと……っていうか」

文章力のない頭で、なんて言っていいか考えながら、彼女の肩に額を預ける。

「……私、日常的に、歩武君にベタベタ触ったことない」

美紅がどこかふてくされた声で、揚げ足を取った。

俺はゆっくり頭を上げると、「はは」と苦笑を漏らす。

「あー、だから、ごめん。なんて言葉にしたら、俺の感覚伝わるんだろ……」

彼女への抱擁を解きながら、困った笑みを浮かべて言葉を探す。

美紅は再び俺の方に向き直り、じーっと上目遣いに見つめていたけれど……。

おもむろに、俺のネクタイの結びを緩め始めた。

「……なにしてんの？」

「私が、歩武君に触ってなにをしてても、違和感ないんでしょ？」

美紅は、わりと勢いよくシュッと音を立ててネクタイを抜き取ると、シャツのボタンに指をかけた。

俺は顎を引いて見下ろすだけで、されるがまま。

美紅は視線を逸らしたまま、俺のシャツを脱がせた。そして、露わになった俺の裸の胸に手を触れ、手の平で大きく撫で回す。

「んっ、ちょ、美紅」

彼女の手の感触にゾクッとして、俺は思わず声を漏らした。

胸の上でうごめく手を、とっさに掴んで止める。

「歩武君、言ってることと反応が矛盾してる」

「いや、だって。……美紅の手の動き、いやらしいだろ」

美紅は、やっぱり俺と目を合わせない。唇を引き結び、俺に寄り添ってきた。

肩に彼女の額を感じる。柔らかい髪が鎖骨をくすぐる。

「歩武君……」

甘えるように呼ばれて、俺の中で、なにかがぐらっと傾いた。

「……したいの？」

美紅の肩に両手を置き、軽く力を入れて引き剥がした。「きゃっ」と小さな悲鳴をあげた彼女を、グッと覗き込む。

俺の反撃に、美紅が目を泳がせた。

俺は彼女と額をこつんとぶつけ、そっと目を伏せる。

「違った？　でも、そういう煽り方されたら、誘われてるとしか思えないから。俺」

早口で言い切ると同時に、彼女をひょいと抱き上げた。もうひとつ、彼女の短い悲鳴を聞きながら、部屋の奥にあるベッドに、ためらうことなく突き進む。

美紅をベッドに下ろし、すぐに片膝をついて乗り上げた。

「歩武君」と動く唇を、キスで塞ぐ。「んっ」と小さくこぼれる声は、舌ごとからめとった。

美紅のやや上ずった甘い声が、耳の鼓膜を直接くすぐる。

彼女が飲んだワインに、俺まで酔わされたのか。前後左右の感覚が覚束なくなるほど、なにかに強く浮かされた。

「ん、歩武く……」

美紅が俺の首に両腕を回し、ぎゅっと抱き寄せてくる。

俺は抗うことなく、彼女に体重を預けた。

まるで嵐に煽られるような感覚の中で、美紅の部屋着を乱し、滑らかな肌に手を這わせ――。

俺は、彼女を抱いた。

行為を終えた後、俺たちは互いの弾んだ息を耳に、固く抱き合ったままでいた。

熱に浮かされ、呆気なく誘惑されて、完全に理性を吹っ飛ばしてしまった。そんな自分が、こっ恥ずかしい。

俺は、乱れた呼吸が落ち着いても、なにも言えずにいた。

「……ふふ」

沈黙を破ったのは、美紅の方だった。俺の胸に顔を埋め、ややくぐもった笑い声を漏らす。

「……なに？」

笑いの意図を訊ねた声が、喉に引っかかる。

「こうやってくっついてると、どこから私でどこから歩武君か、境界線がわからない」

彼女の吐息が肌をくすぐる。

俺はピクリと反応し、美紅を抱え直すように腕を動かした。

「溶けちゃいそう。歩武君が言った、感覚の一部って、こういうことなのかな。……幸せ」

美紅は俺の胸に頬ずりしながら、甘えた声で呟く。

俺の胸の鼓動が、また静かに騒ぎ始める。

それが肌から直接伝わったのか、彼女がそっと俺を見上げた。白い腕を俺の頭に伸ばしてきて、横の髪をひと房摘まみ上げる。

「三つ編み、解けちゃった」

「お前が何度も、俺の頭、かき抱くから」

「……！」

俺の返しに、美紅が一瞬大きく目を瞠った。次の瞬間、ポッと頬を赤らめる。

「バ、バカ」

「はは」

照れ隠しに悪態をつく彼女の腰に両腕を回し、自分の方にグイと引き寄せた。

「歩武君？」

「本来混ざり合わないものを、混ぜ合わせる技術……」

「え？」

「人間にも作用したら、俺と美紅の境界線、本当になくなるのかな」

彼女の何気ないひと言から、少し前まで没頭していた実験に思いを馳《は》せる。

美紅が、俺に説明を求めるように、背を仰け反らせて見つめている。

「成功してから、話そうと思ってたんだけど」

そう前置いて、一度唇を結んだ。

美紅は大きな目を凝らして、俺に先を促している。

「今、界面活性剤の改良実験してるんだ」

「界面活性剤？」

美紅が、ややたどたどしい言い方で俺の言葉を繰り返す。

この状況で耳にして、一瞬理解が遅れた様子だったけど、彼女も、それが化粧品に使われる成分だと合点したらしい。

「天然ならともかく、合成はあまり多用しない方がいいんだけど。添加物を極力抑えて、可溶化技術での使用を考えてる」

「可溶化？」

「混ざり合う、じゃなくて、透明なものに溶け込むって作用のこと。化粧水なんかは、こっちの技術が必要なんだ」

美紅の瞳に、光が宿る。

彼女の反応に、満足しながら——。

「お前が理想とする質感とか使用感。全部俺が再現してやる。だから……いつか、AQUA SILK の基礎化粧品ライン、俺と一緒に企画段階から起ち上げよう」

「基礎化粧品ライン……歩武君と、企画段階から？」

瞬きを繰り返す美紅に、大きく頷いてみせる。

「ブランド展開の、セカンドステージ。いずれはトータルラインで充実させて、もっともっと、いろんなたくさんの商品を……」

意気込む俺を、美紅が途中でクスッと笑った。

「え？」

「事後で甘いはずのピロートークから、どうしてお仕事の話……」

「っ、あ」

からかうような目をする美紅の前で、俺はハッとして手で口を押えた。

「私も、前に、歩武君に同じこと言われたことあったね。ほんと私たちって、やることなすことそっくり」

彼女は、顎を引いてクスクス笑っている。

「……ごめん」

バツが悪くなって、ボソッと呟く。美紅は、「ううん」と首を横に振った。

「私もね。歩武君の仕事に向き合う姿勢も、全部込みで好き。うん、いいね。企画段階から一緒に創り上げるって、なんか本当にパートナーって感じで」

嬉しそうにはにかんだ笑みを浮かべる。

「そうしたら、物理的にも、私と歩武君の境界線、本当になくなりそう。私も、変な心配しなくて済む」

続く言葉に、俺も目元を綻ばせた。

「美紅」

美紅の頬を、そっと撫でる。

柔らかい髪を弄びながら後頭部に手を回し、伏し目がちに顔を寄せていく。

美紅も俺の仕草に応えるように、鼻先が掠めたタイミングで目を閉じた。

可憐《かれん》な柔らかい唇に、自分のそれをしっとりと押しつける。小さな吐息と共に薄く開いた美紅の唇の隙間から、さらに奥深くまで追い求めて舌を絡ませる。

「美紅、愛してる」

俺を誘うように両腕を伸ばす彼女に、甘く、淫らに、官能をかき立てるキスを繰り返した。

END

あとがき

大人と子供が見え隠れする、『ギャップ』という魅力をふんだんに散りばめられる同期物、私は好きな設定です。サイトではいろいろ同期物も書いてたんですが、書籍化していただけるのは年上ヒーローの作品ばかり。

前作も同期物でしたが、副操縦士というスペックに埋もれてしまった感があったので、ヒロインとヒーローが対等な関係にある普通の同期同士、いい意味で遠慮のない距離感、思う存分魅せてやろう！と奮起して、今作を書きました。

仕事に夢を持ち、生き生きと働く美紅は、私から見ても憧れるヒロインです。好きなことが仕事になったら、それはそれで苦しく辛いこともあると思うのに、いつも前向きに夢を追える強さ。久しぶりにキラキラしたヒロインが書けました。

そんな美紅を支える歩武は、理系研究職。先述の通り、子供っぽい面も惜しみなく表しました。彼女への想いを長年秘めてきたヒーローは、ベリーズ作品としてはやや控えめで、大人しいタイプかもしれません。でも、そこにこそ、彼の信念がある。本当は熱い情愛を宿した歩武が振り切った後の、まっすぐで情熱的なアプローチにきゅんとしてもらえたら嬉しいです。

番外編は、一本だけにするつもりだったのですが、中途半端なページ数になったので、やや短めのいちゃラブを載せました。私自身、ヒーローにこんな『悪戯』をするヒロインを書くのは初めて（笑）。ぷっと笑ってもらえたら、むしろ本望です。

私の著書の中では、恐らく一番『かわいい』作品になったかと思います。美紅と歩武の恋物語、私も書いていて本当に楽しかった……！

表紙イラストは、浅島ヨシユキ先生がご担当くださいました。

今回もヒーローの色気は健在！　そして、どうして私はこうも毎回、ヒーローの手にやられるのか……。ヒロインも、可愛いだけでなくお仕事できそうなイメージで、素敵な同期を描いていただきました。本当にありがとうございました！　番外編二本目の美紅の悪戯を、この凛々しい歩武でご想像いただくと、二度おいしいかと（笑）。

最後に、本作にお力添えいただいたすべての皆様に感謝を。

お手に取ってくださった読者様、ありがとうございました。

水守《みずもり》恵蓮《えれん》

水守恵蓮先生への
ファンレターのあて先

〒104-0031
東京都中央区京橋1-3-1
八重洲口大栄ビル7F
スターツ出版株式会社　書籍編集部　気付

水守恵蓮先生

本書へのご意見をお聞かせください

お買い上げいただき、ありがとうございます。
今後の編集の参考にさせていただきますので、
アンケートにお答えいただければ幸いです。

下記URLまたはQRコードから
アンケートページへお入りください。
https://www.berrys-cafe.jp/static/etc/bb

ベリーズ文庫

無愛想な同期の甘やかな恋情

2019年9月10日　初版第1刷発行

著　者　水守恵蓮
©Eren Mizumori 2019

発行人　菊地 修一

デザイン　カバー　北國ヤヨイ
フォーマット　hive & co.,ltd.

校　正　株式会社　文字工房燦光

編　集　妹尾香雪

発行所　スターツ出版株式会社
〒104-0031
東京都中央区京橋1-3-1　八重洲口大栄ビル7F
TEL　出版マーケティンググループ　03-6202-0386
(ご注文等に関するお問い合わせ)
URL　https://starts-pub.jp/

印刷所　大日本印刷株式会社

Printed in Japan

乱丁・落丁などの不良品はお取替えいたします。
上記出版マーケティンググループまでお問い合わせください。
定価はカバーに記載されています。

ISBN 978-4-8137-0750-9　C0193

ベリーズ文庫　2019年9月発売

『クールな弁護士の一途な熱情』　夏雪《なつゆき》なつめ・著

化粧品会社の販売企画で働く果穂は、課長とこっそり社内恋愛中。ところがある日、彼の浮気が発覚。ショックを受けた果穂は休職し、地元へ帰ることにするが、偶然元カレ・伊勢崎と再会する。超敏腕エリート弁護士になっていた彼は、大人の魅力と包容力で傷ついた果穂の心を甘やかに溶かしていき…。

ISBN 978-4-8137-0749-3／定価：本体630円＋税

『無愛想な同期の甘やかな恋情』　水守《みずもり》恵蓮《えれん》・著

大手化粧品メーカーの企画部で働く美紅は、長いこと一緒に仕事をしている相棒的存在の同期・穂高のそっけない態度に自分は嫌われていると思っていた。ところがある日、ひょんなことから無愛想だった彼が豹変！　強引に唇を奪った挙句、「文句言わずに、俺に惚れられてろ」と溺愛宣言をしてきて…!?

ISBN 978-4-8137-0750-9／定価：本体650円＋税

『契約婚で嫁いだら、愛され妻になりました』　宇佐木《うさぎ》・著

筆まめな鈴音は、ある事情で一流企業の御曹司・忍と期間限定の契約結婚をすることに！　毎日の手作り弁当に手紙を添える鈴音の健気さに、忍が甘く豹変。「俺の妻なんだから、よそ見するな」と契約違反の独占欲が全開に！　偽りの関係だと戸惑うも、昼夜を問わず愛を注がれ、鈴音は彼色に染められていき…!?

ISBN 978-4-8137-0751-6／定価：本体640円＋税

『【社内公認】疑似夫婦―私たち、（今のところはまだ）やましくありません！―』　兎山《とやま》もなか・著

寝具メーカーに勤める奈都は、エリート同期・森場が率いる新婚向けベッドのプロジェクトメンバーに抜擢される。そこで、ひょんなことから寝心地を試すため、森場と２週間夫婦として一緒に暮らすことに!?　新婚さながらの熱い言葉のやり取りを含む同居生活に、奈都はドキドキを抑えられなくなっていき…。

ISBN 978-4-8137-0752-3／定価：本体620円＋税

『仮面夫婦～御曹司は愛しい妻を溺愛したい～』　吉澤《よしざわ》紗矢《さや》・著

家族を助けるため、御曹司の神楽と結婚した令嬢の美琴。政略的なものと割り切り、初夜も朝帰り、夫婦の寝室にも入ってこない彼に愛を求めることはなかった。それればかりか、神楽は愛人を家に呼び込んで…!?　怒り心頭の美琴は家庭内別居を宣言し、離婚を決意する。それなのに神楽の冷たい態度が一変して？

ISBN 978-4-8137-0753-0／定価：本体650円＋税

タイトル、価格等は変更になることがございますのでご了承ください。

ベリーズ文庫 2019年9月発売

『一途な騎士はウブな王女を愛したくてたまらない』 和泉《いずみ》あや・著

予知能力を持つ、王室専属医の助手・メアリ。クールで容姿端麗な近衛騎士・ユリウスの思わせぶりな態度に、翻弄される日々。ある日、メアリが行方不明の王女と判明し、お付きの騎士に任命されたのは、なんとユリウスだった。それ以来増すユリウスの独占欲。とろけるキスでメアリの理性は陥落寸前で…!?

ISBN 978-4-8137-0754-7／定価：本体660円＋税

『ポンコツ女子、異世界でのんびり仕立屋はじめます』 栗栖《くりす》ひよ子《こ》・著

恋も仕事もイマイチなアパレル店員の恵都はある日、異世界にトリップ！　長男アッシュに助けてもらったのが縁で、美形三兄弟経営の仕立屋で働くことに。豊かなファッション知識で客の心を掴み、仕事へ情熱を燃やす一方、アッシュの優しさに惹かれていく。そこへ「彼女を側室に」と望む王子が現れ…。

ISBN 978-4-8137-0755-4／定価：本体650円＋税

『転生王女のまったりのんびり!?異世界レシピ～次期皇帝と婚約なんて聞いてません！～』 雨宮《あまみや》れん・著

料理人を目指す咲綾は、目覚めると金髪碧眼の美少女・ヴィオラ姫に転生していた！　ヴィオラの作る日本の料理は異世界の人々の心を掴み、帝国の皇太子・リヒャルトの妹分としてのんびり暮らすことに。そんなある日、日本によく似た"ミナホ国"との国交を回復することになり…!?　人気シリーズ待望の2巻！

ISBN 978-4-8137-0756-1／定価：本体630円＋税

ベリーズ文庫 2019年10月発売予定

『しあわせ食堂の異世界ご飯5』 ぷにちゃん・著

Now Printing

給食事業も始まり、ますます賑やかな『しあわせ食堂』。人を雇ったり、給食メニューを考えたりと平和な毎日が続いていた。そんなある日、アリアのもとにお城からパーティーの招待が。ドレスを着るため、ダイエットをして臨んだアリアだが、当日恋人であるリベルトの婚約者として発表されたのは別人で…!?

ISBN 978-4-8137-0772-1／予価600円＋税

『悪役令嬢に転生してフラグ通り退学になったので田舎でカフェをはじめたら、モフモフの餌付けに成功しました』 友野《ともの》紅子《こうこ》・著

Now Printing

OL愛莉は、大好きだった乙女ゲーム『桃色ワンダーランド』の中の悪役令嬢・アイリーンに転生する。シナリオ通り追放の憂き目にあうも、アイリーンは「ようやく自由を手に入れた!」と第二の人生を謳歌することを決意! 謎多きクラスメイト・カーゴの助けを借りながら、田舎町にカフェをオープンさせスローライフを満喫しようとするけれど…!?

ISBN 978-4-8137-0773-8／予価600円＋税